河出文庫
古典新訳コレクション

女殺油地獄

桜庭一樹 訳

目次

女殺油地獄

上の巻

道行《みちゆき》

「船は新造《しんぞ》（未婚の若い女、若い遊女）の乗《の》り心《ごころ》！　サヨイヨエ。君と我と、我と君とは、図に乗った、アァ乗ってきたァ！　しっとんとんとん、しととんとーん！　嫉《しっ》妬《と》と逢瀬《おうせ》の波枕ァ。アァ盃《さかずき》はどこ行った？　君が盃、いつも飲みたし武蔵野《むさしの》のォ。月は夜すがら戯《たわぶ》れェ遊べェ！」

川沿いにどこまでも続く土手。気持ちいい初夏の風を受けて、黄金色《こがねいろ》の菜種がぶんぶん揺れている。町人たちが替え歌を口ずさんだり口三味線をしたりしながら浮かれ歩く。桜が散ってからは閑散としていたこの道も、今日ばかりは陽気なお祭り騒ぎである。

その土手の横にある川を、客を乗せた屋形船がゆらり流れていく。と、その船から、

「しっとんとんとん、しととんとーん!」

「やだァ、もう!」

「あーははは!」

「ちんつちりつてぇ、チンテッテェー!」

とひときわ楽しげな歌声や嬌声《きようせい》が聴こえてきたので、土手行く人々もつられて船の中を覗《のぞ》きこんだ。

曾根崎《そねざき》新地のちいさな料理茶屋、天王寺屋《てんのうじや》の後家のお亀《かめ》が借り受けた船である。乗っているのは、奥州会津《おうしゆうあいづ》の草っ原から出てきたらしき田舎大尽《いなかだいじん》。名前は九兵衛だか九衛門だかなんだか。会津が蠟燭《ろうそく》の産地であることから、遊里で遊ぶときの替名は蠟九《ろうく》、だったかなんだったか。まァとにかく、遊女小菊《こぎく》を気に入り、大枚はたいて熱心に通いつめる上客である。

傍らにはその小菊が、紫縮緬《むらさきちりめん》のびらり帽子に粋な名古屋帯という玄人《くろうと》らしい装いに身を包み、「ハァ、よえ……」と気怠《けだる》く座っている。

時は享保六年（一七二一年）四月八日。つまり今日は、大阪の人々のお楽しみの一つ、あの「野崎《のざき》参り」の日である。

皆さんご存じの通り、この山道をずっと登ったところにある福聚山《ふくじゅさん》の慈眼寺《じげんじ》にはありがたい野崎観音があるのです。観音様の御開帳を一目拝もうと、我々庶民は土手をそぞろ歩き、贅沢《ぜいたく》できる身分の者は屋形船に乗って、みんなでお寺を目指すのがいつもの習わし。

その道すがら、はて、平坦《へいたん》な土手がどこまでも続くせいか、それとも大阪人の気風《きっぷ》か。土手から、船から、知らないどうしで歌ったりからかいあったりするのも楽しいのである。いまも、ほら。えらく浮かれた口三味線が、土手から、屋形船から、また土手から、

「しっとんとんとん、しととんとーん！」

「ちんつちりつてぇ、チンテッテェー！」

と、初夏の日射《ひざ》しのもとで響き渡る。

――桜過ぎにし山里の。誰訪《と》ふべくもなかりしに。老若男女の花咲きて。足をそら

そら空吹く風に。散らぬ色香の伊達参り。大人、童《わらべ》も歌ふを聞けば。行くもちんつ。帰るもちんつ。又来る人も、ちんつちりつてチンテッテェー。

土手は混みあい、替え歌や口三味線で姦《かしま》しいが、屋形船の中も負けず劣らずである。知り合いどうしで銭を出しあって借りた乗合船が幾つも、艫《とも》と舳先《へさき》をくっつけあっての大所帯。男客は酒も入り、連れの女を自慢したりと痴話事を言い合っては大笑いしている。

しかしいくら痴任《ちまか》せの身の上とはいえ、こんな昼の日射しの下じゃあ、

「人も恥し。気詰り」

と、若い小菊はしょうしょうお冠である。

ふいと立ちあがって、船から土手へとひらり身軽に飛び移り、小股《こまた》で歩きだす。未婚の娘、もしくは遊女の印である黒々と生やした眉はびらり帽子で隠されているが、その艶姿《あですがた》の色香に土手行く男たちもすぐ気づいた。いつもは算盤《そろばん》を弾《はじ》くばかりのケチな男まで、たちまち夢中になってつけ回しだす。囲まれ、まとわりつかれ、下卑たからかい混じりに言い寄られ、小菊は五月蠅《うるさ》く憎くいやらしくなる。

降りたばかりの船を手招きし、小首をかしげて待ちつつ、

「これの、見さんせナァ……」

と気怠く歌いだした。

そのみずみずしい声に、男どもはますます色めき立ち、びらり帽子に半ば隠されたちいさな顔を我先にと覗きこむ。小菊はフンッとばかりに背を向ける。声だけやけに張りあげながら、

「これの見さんせナァ。愛宕《あたご》の山にヨエェ。沈香《じんこう》の煙がァ、三筋立つ。煙がナ、沈の、沈の煙がァ、三筋ィ立つゥ……」

これもちかごろ人気の投節《なげぶし》の替え歌である。

歌では三筋だが、このさきの道は四つに分かれていきます。南東への道は奈良《なら》に、北東は八幡《やわた》に、南西は、えーと、大阪の玉造《たまつくり》であったかなぁ。そして最後の道が、ありがたい野崎観音に至る山道なのであります。

さて、こうして今日、仏への祈願のために集まった信心深い人々は、このさきどのような人生を送られるのでしょうか。

浮かれて揺れながら屋形船がまた近づいてくる。小菊はこんどはうっそりと重たげな仕草で乗り移った。

「沈の、沈の煙がァ……三筋ィ……立つゥ……」

気怠げな彼女の歌声も、屋形船の嬌声に吸いこまれて聞こえなくなる。姿もすっと見えなくなる。

――問ふも語るも行く船も、陸路《かちじ》拾ふも諸共に。老若男女の口に三味線、心でお念仏。南無阿弥陀仏《なむあみだぶつ》、南無阿弥陀仏。南無阿弥陀仏。南無阿弥陀仏。

連なる船が五月蠅く川を流れゆく。土手にあるささやかな茶屋の前をゆっくりと通り過ぎていく……。

野崎《のざき》の場

「母様《かかさま》ぁ、茶《ぶぶ》が飲みたい」

ちょうどその徳庵堤《とくあんづつみ》の茶屋の前。

いましがたの小菊《こぎく》と負けず劣らずの艶《えん》な女が楽しげに喋《しゃべ》っている。道行く男たちも思わず振りかえる。だが出で立《いた》ちをよくよく見れば、右手で九つの上娘、左手で六つの中娘と手を繋《つな》ぎ、上娘と話しているばかりか、胸には末娘まで抱いた子だくさんの女房殿。ずいぶん景気よく産んだもんだな、それにしてもべっぴんさんだ、いいなァ、どこの奥さんだろうと男たちが噂《うわさ》しあう。さてさてどこの誰であろうか。

――所を問へば本天満町《もとてんままち》。町の幅さえ細々の。柳腰、柳髪。とろり渡世《とせい》も種油《たねあぶら》。梅の油に荏胡麻《えごま》の油。夫は豊島屋七左衛門《てしまやしちざえもん》。妻の野崎の開帳参り。三人娘を抱く手引く手に見返る人も、子持ちとは見ぬ花盛《はなざか》り。吉野の山の吉を取り、お吉《きち》とは誰《た》が名付けけーんー。

大阪本天満町という、狭い道が連なってさまざまな商店でにぎわう下町にあるちいさな油小売店、豊島屋のお吉さんである。人情に厚く、さりとて悪戯《いたずら》心もあり、町内の老若男女からも妙に好かれている豊島屋自慢の恋女房だ。

母に似ておきゃんな次女のお清《きよ》に、「茶！　茶！　茶ぅぅぅー！」と肩が抜けるほど左腕を引っ張られ、お吉は「おや、はいはい」と笑顔で茶屋に近づいた。

「申し申し、ここ借ります」

「あいよ」

と出てきた店主と、天気の話をしたり、娘たちのことを聞かれてお喋りしたりしながら、お茶をズズーッと飲みだす。

「そんじゃ、娘さんばかり三人？」

「へぇ。うちの旦那《だんな》は、つぎは男子《おのこ》も欲しいともう口癖のように」

「そりゃねぇ」

「しかし男子は手がかかるもの。そうそう近所でもね。マァ聞いてくださいよう……」

と、お吉が土手のほうに目をやるなり黙りこんだ。店主もつられてそっちを見る。顔をしかめて、

「えらい質《たち》の悪そうな若衆が三人もきたぞ。アァ、あんなところで立ち小便して、汚らしい」

「噂をすれば、ありゃ筋向いの……」

「ん」

「筋向いの同業、河内屋《かわちや》の息子さんですよう」

「なんと。幾らお向かいさんとはいえ、奥さん、あんなのには関わらんほうが」

お吉は店主の顔を見上げ、生真面目《きまじめ》に訴える。

「でもねえ、親御さんからずっと相談されておりましてね。あの子一人のせいで、父の徳兵衛《とくべえ》さんに母のお沢《さわ》さん、兄の太兵衛《たへえ》さん、それに可愛い妹のお勝《かち》ちゃん。河内屋の人はみーんな泣いておる。曾根崎《そねざき》新地に新町《しんまち》にと、遊里で遊んでは無駄銭を遣い。町々でも喧嘩《けんか》ばかりの面汚《つらよご》し。今日もほれ、悪《わる》友達を連れてあの様子では、また一騒ぎ起こすつもりにちがいあるまい。エイ、ここで逢うたのもなにかの縁。観音様のお

導き。よーしよーし！」

とお吉はなぜか勇ましく着物を腕まくりしだした。店主が「いやいや、よしなせえって」と止めるのに、小気味のいい気風《きっぷ》を見せて、

「いーや。あの不良《のら》っ子に、わしが一つ意見をば」

そうして口角を上げたいかにも商店の女房らしい笑顔を作り、ちょいと子供騙《だま》しの猫撫《ねこな》で声《ごえ》をかけた。

「与兵衛《よへえ》さん？　これこれ、与兵衛さん」

歌い騒ぐ人々の群れで五月蠅い土手を、昼の日中から、夢の中を歩くようにゆぅらりゆらりとやってきた若い男。色《イロ》友達を左右に従え。いかにもよくいる遊び人の風情だが、まるで油でつるつる滑る床を歩くような、一度見たら忘れられないおかしな歩き方でもって近づいてくる。川船から楽しげな歌声が聴こえるたび、つまらなそうに睨《にら》みつける。浮かれて道行く人々も、オッとばかりに不良を避ける。さてさてこの男、こちらはどこの誰だろうか。

——これも同町、筋向ひ。河内屋与兵衛、まだ二十三の親がかり。野崎参りの三人連れ、万事を夢と飲みあげし。寝覚《ねざめ》、提重《さげじゅう》、五升樽《ごしょうだる》。坊主持ちしてー、北うづむゥー。

ようやく現れた主人公。これぞ河内屋与兵衛である。

「川にも酒を飲ましてやらァ！」

と立ちどまり、おもむろに着物の前をはだけて立ち小便を始める。色友達二人もにやにやして待っている。

肩をいからせ、胸を張り、大股《おおまた》開きで立ってドドドーッと排泄《はいせつ》しているのに、与兵衛の横顔は妙に沈んで、

（ハァ。どうして俺《おれ》ばかりがうまくいかねぇのかよ。ずいぶん楽しみにしてたってのに。あの遊女の奴、まったくなぁ……）

まだ肌寒い風が与兵衛の周りにだけビュウゥーと吹く。

すこしずつ粋がった顔つきにもどる。胸を張って振りむくと、

「なぁオイ。くそ売女《ばいた》の小菊の奴が、会津の間抜けな客とよ、寺からヨチヨチ戻ってきやがるのはこの道で間違いねぇな」

「それより坊主がきた。交代だぜ、与兵衛」

「オ、オゥ。酒樽をこっちによこせ」

と友達から五升樽を受け取る。坊主とすれちがったら荷物持ちを交代するという流《は》行《や》り遊び「坊主持ち」に興じているのである。大声で悪事の相談をしながらまた歩き

だす。

　そうして、ゆぅらりゆらり、つるつるつるつる、と茶屋の前を行きすぎようとしたとき。

「与兵衛さん？　これこれ、与兵衛さん」

　と女に声をかけられた。

　足を止めた与兵衛は、お吉をみつけるなり、うれしげに小股でこちょこちょもどっていき、

「ヤ、お吉さん。子供衆を三人も連れてお参りか。おや旦那の七左衛門様は？　なんだ、言ってくれりゃ手伝ったのによう」

「またまた。与兵衛さんにもお仲間との予定がござろう」

「ハン。俺がだめなら妹のお勝がよう。なにせあいつはこの兄貴の言うことはなんでも聞く」

「マァ……。いやいや、うちの人もな。二、三軒寄る所があるだけで、おっつけこちらへ参るはず。ほほ、心配御無用」

「なんだそうか。じゃ最初っからそう言えよ。わからんお吉さんだなァ」

「これこれ与兵衛さん」

「ん？」

なぜか澄ました顔のお吉にチョイチョイと手招きされ、与兵衛は子犬のような従順さで近寄る。隣に座れ、と指で命じられて、操り人形の如くつい座る。色友達もなんだと首を捻《ひね》りながらそばに腰かけた。

与兵衛がハッと気づき、脚を大股に広げたやくざものらしい恰好にわざわざ座り直した。その与兵衛にお吉が体を寄せて、おおきく息を吸い、なにやら妙な明るさで、

「なんと与兵衛さん、今日はまた御繁盛なお参りではないかの。良い衆の娘御やお家《え》様《さま》や、大阪中の女子《おなご》が皆、自慢の装束でそぞろ歩いておる。アレアレ。あそこを行くのは、腰周りを桔梗《ききょう》色に染めた着物に縞繻子《しまじゅす》の帯！　粋な着こなしは玄人筋にちがいあるまいなァ……。ソレソレソレ。そこ行く、縞模様の縮みの着物に鹿の子帯の女子は、大阪一の色町、新町風の着こなしじゃな。なるほどなぁ。若い衆があぁいった見事な女子を連れ、道行く人にその贅《ぜい》を見せたいと思うも道理じゃ。ナァ与兵衛さん。こんな日はこな様にも連れて歩きたい女子の一人や二人はあろう？　噂によると、曾根崎新地の天王寺屋《てんのうじや》の小菊さん、それに新町の備前屋《びぜんや》の松風さん。……はて？　はては て、おやぁ？　なぜ今日は連れだっておられぬのかなぁ？」

と機嫌を取りながらも水を向ける。友達二人は不審げに女の横顔を眺めだすが、与

兵衛はあっさり引っかかり、

「残念でな、悔しいんだ。聞いてくれお吉さんよ」

腕を組んだり握った拳を振り回したりしながら、話しだす。

「俺も大阪の男だ。そりゃ野崎参りの日は粋な女子を連れて練り歩こうとしていたんだよ。だがよ、小菊の奴は気まぐれでな。方角が悪いから誰とも参らぬ、と断ってきやがった。そこで松風をと思うたら、とうに先約があるとこっちもけんもほろろ。……ところがだよ、お吉さん」

お吉は顔をしかめて聞いているが、与兵衛は気づかず夢中になって、

「小菊の奴め、会津の客に揚げられ、朝早くから屋形船で遊んでると言うじゃないか！　まったく、よりによって野崎参りの日に田舎大尽に張り負けたんじゃよ、大阪の男の面目が立たねえぜ」

後ろに座った色友達も揃《そろ》って「そうだぜ」「その通り」とうなずき、腕を振りあげて加勢もする。

ところでこの色友達は、刷毛《はけ》のように長い髷《まげ》が前方につきだしているので刷毛、朱塗り膳のような赤ら顔をしているから皆朱《かいしゅ》という綽名《あだな》を持つ遊び人である。

「そこでよ。小菊めが帰るを待って一出入《ひとでい》りと！　しかしよ……」

与兵衛がうつむき、「方角が悪いと断っておいて、ほかの客とはなぜ出かける？　解《げ》せんぞ小菊め」とつぶやく。刷毛と皆朱はあきれて「遊女に二言があっても不思議はないだろ」「引っかかるのはそこじゃねぇぞ、与兵衛」とヤイヤイ言いだす。

しばし不気味な様子で黙っていたお吉が、とつぜん、

「与兵衛さん！」

「わっ、わわ」

「問ふには落ちず語るに落ちる！　ちいさなころから、こな様は、親父様や母様に叱《しか》られ問われるとだんまりを決め込むのに、こうしてわしにおだて語られると、悪事をぺらぺら喋りだす」

与兵衛は口を開け、文字通りキョトンとして、味方のはずのお吉の変わりようをあきれ果てて見ている。お吉はもっと恐い顔をしてみせ、

「信心の観音参りの日に、喧嘩師の不良参りとは、アァこのお吉もあきれ果てた。お山、いや女郎《おやま》の名も、何処《どこ》町の誰、何屋の誰と、親御さんたちがよう知っておられる。アァアァ困ったァ、そちらにはうちの与兵衛めがしょっちゅう入り浸ってはおるゆえ、どうかお吉さんから意見してくだされと、父御《ててご》の徳兵衛さんがわしに涙涙の口説き事じゃ」

「甘えてなんかいねぇぞ。この入れ子鉢めが。調子に乗り腐って！」

と与兵衛が別人のように低い声でどやす。なかなか恐ろしい顔つきである。

でもお吉は慣れたもの。フンッと鼻で笑うばかり。

左の人差し指で相手の腿《もも》を親しげに突っつきだす。与兵衛はびくっとし、次いでどういうつもりだと相手の顔を体をジロジロ見るが、お吉は気にせず、

「思えば与兵衛さんが十三、わしが十七からのつきあいじゃな。こな様もすっかり大人になられた。わしのことなどもう、小鉢、中鉢、大鉢を重ねた入れ子鉢みたいに娘を産み、子供の世話ばかりの奴とでも思うておるだろうが。いいや、ちがう！　わしは変わったのに、こな様のほうはいつまでも子供のままじゃ。ただただ図体ばかりおきうなって……」

お吉の声が張りあがるにつれ、茶屋の客も土手を行く人も、「なんだなんだ」「痴話喧嘩か、オイ」と注目しだした。

与兵衛が怒った目つきで黙っているのに、お吉はずいっと近寄ってくる。息がかかるほど間近から「これこれ与兵衛さん」と、もういやになるほどでっかい声で、

「此の諸万人の群衆を、突き退《の》け押し退け目に立つ風采！　あれぞ本天満町の河内屋徳兵衛といふ油屋の二番息子。料理茶屋の金《かね》もろくに払はず、あのざま見よと指さし

するが、笑止な！　実直な兄御を手本にし、商人《あきんど》というものは壱文銭《いちもんぜに》も徒《あだ》にせず、雀《すずめ》の巣だって作りゃあたまる。存分稼いで親達の手助けをと、心願《しんがん》たてさんせェ！」

与兵衛はむっつりして背を向ける。道行く人が口々に、「オォそのとおり」だの「商いはそういうもんだぜ」だの「大阪の女房の鑑《かがみ》だなァ」「よっ別嬪《べっぴん》さん」と無責任に囃《はや》し立《た》てながら行きすぎていく。

「フン、心願か！」

「そうとも、与兵衛さん。心でお念仏。誓いを立てておきばりなさいよ。それが河内屋の皆さんの、そしてこな様のためにもなる。ねぇ？」

とお吉が両手のひらで胸を押さえ、しみじみうなずく。

だが与兵衛は背を向けたままである。お吉も次第にぷりぷりし、袂《たもと》からお茶代を出しながら、

「ハァ気に入らぬやら返事がない。こな様という方はまったく……。わしはもう行きますよ、与兵衛さん……。こら与兵衛さん！」

と手を伸ばし、右手の甲を思いっきりよく抓《つね》りあげる。

「い、いってぇ！　てっめぇなにしやがる！」

「知らぬ！　もう！　ともかくな。道でうちの人に会わしゃんしたら、お吉はお寺の

本堂で待っていると言うてくだしゃんせ」

お吉は娘たちの手を引っ張り、怒りながら土手を歩きだす。その後ろ姿を与兵衛が憎々しげに睨みつけていると、中娘のお清がくるくるくるりと振りむき「与兵衛兄ちゃん、またァねェ」と椛《もみじ》のような手を振った。

串刺しの団子のように三人並んだ不良どもも、思わず笑顔で手を振りかえす。母娘の行くのをのんびりおだやかに見送り、それからあわてて額を突き合わせ、

「与兵衛よ。いってぇなんだ、いまの奴は」

「わかったぞ。あれが筋向いの油屋仲間の女房か。前に聞いたぞ。イヤ初めはよぅ、美人だし色っぺぇし、話せると思ったが。ずいぶん硬ぇ女だな」

「それによぅ、すんげぇ五月蠅ぇな。俺は耳がキンキンしてきた」

「俺も。もうしばらく女の声なんか聴きたくもねぇ」

与兵衛はお吉が飲み残していった茶に右手を伸ばす。甲に抓られた痕《あと》が生々しく赤く残っている。

歪《ゆが》めた唇でガブリと茶を飲み干し、

「豊島屋に嫁にきたのが十年前。綺麗《きれい》な花嫁御寮をいまも覚えてるぜ……」

と、茶碗《ちゃわん》を足元に叩きつける。

「それが、見る間に数の子みてぇに子供を産んでよ。いい気になってガミガミと説教三昧のくそ婆《ばば》めが」

また右手を伸ばし、転がった茶碗を拾う。

「美人だがよ、見かけばかりで喰《く》えばまずい、飴《あめ》細工の鳥みてぇな女さ」

「あっ！　与兵衛」

「そんなことより、オイ与兵衛」

と色友達が殺気立って立ちあがったので、与兵衛もはっとし、土手の先へと目を凝らした。

「やつしはァ！　甚左衛門《じんざえもん》！　幸左衛門《こうざえもん》がァ！　思案事！　四郎三《しろうざ》がァ！　愁《うれ》ひ事！　アァ！　アァ！　ちんつちんつのちんちりつてつてェ！」

と、会津訛《なま》りの替え歌のちんつ節をがなり立てながら、土手をもどってくる旦那が一人。むっちり太った田舎風の蟹股《がにまた》男。慣れない大阪で買った着物は丈が短くつんつるてんで、毛深いふくらはぎが丸見えである。蠟燭屋《ろうそくや》の九衛門だったか九兵衛だったか。ともかく替名を蠟九《ろうく》とかいう、ほら、例の小菊の上客である。

歌っているのは、落ちぶれた大旦那の演技が巧《うま》い甚左衛門、分別ある家来の役が十八番の幸左衛門、人情の愁嘆場も上手な四郎三など、ちかごろ人気の役者を羅列した陽気な替え歌だ。

　得意顔でやってくるホロ酔い蠟九の周りを、雇われた取り巻き連中が、

「やっちゃやっちゃ！」

「こりゃ日本一の名人様よう！」

「わっはっはー！」

と、役者を褒《ほ》める歌詞よりもおおげさに讃え、飛び跳ね歩く。どうやら金の力で愉快な道中のようである。

　刷毛と皆朱が「それそれ」「きたぞあいつら」と指をさす。

　与兵衛は船の帆のようにまっすぐ立ち、風にユラユラユラユラユラユラユラした。左右に刷毛と皆朱が阿吽《あうん》の如く控える。

　一団の真ん中を気怠く歩いていた遊女小菊が、ふと足を止めた。おかみのお亀《かめ》になにか囁《ささや》くと、抜き足差し足でさっそく逃げようとする。蠟九が不審げに三人組を見上げる。と、刷毛と皆朱が大声で、

「与兵衛。おめえは女郎と談判し、大阪の男の面目を立てい！」

「もしも会津の蠟燭野郎がピカピカ光って生意気を言うたらな、芯《しん》を切って火もぎゅ

うぎゅう踏み消してやる。行け！」

与兵衛が「オウ行かいでか」と草履《ぞうり》を脱いで腰にはさみ、腕まくりして入れ墨を見せつけながら近づいていく。なかなかの迫力である。すると蠟九は驚いて後ろにまるまると転んだ。おかみも下女も取り巻き連中もうろたえる。与兵衛はみなをひたと睨み、

「小菊殿を借りるぞ。馴染《なじ》みの河与《かわよ》が借りるからには動かせねぇだろ、オイ」と凄《すご》むと、遊女を乱暴に引っ張って前後左右にめちゃくちゃに振り回した。ようやく茶屋の腰かけに引きずり据え、

「これ売女様！　安女郎様！　ヤレ野崎は方角が悪い、どなたの仰せでも参らぬと、この河与と連れになるのを嫌っての騙しごと。その訳を聞こう。ヤイヤイヤイ」

そうおおきくないはずの目玉を剝《む》き出し、口をとがらせて凄む与兵衛の顔つきは厄神そのもの。縁起の悪い方角を犯すと災いをもたらすことになると古《いにしえ》から言い伝えられる、鬼門金神《きもんこんじん》に呪われたような人間離れした恐ろしさである。

と、そのはずなのだが。さすがに遊女は慣れたもの。「コレ河与様。角《かど》が取れぬの。よえ……」と小首をかしげてみせ、

「ハァ、小菊といふ名が一つ出れば。よえ、与兵衛といふ名は三つ出るほど、深い深

いと言ひ立てられた二人の仲。方角の悪い道をともに参らぬもこな様の愛しさゆえ。それが人に嗾《けしか》けられて何じゃの。わしが心の誓文はこうじゃあー。よえー！」

人目もはばからず男の胸にくったりとしなだれかかり、「よえ、よえ」と色っぽく甘えてみせる小菊である。

与兵衛は途端に鼻の下を伸ばし「なんだ。そうか。よかった、そうだよなァ、オイ。あはは小菊」と大喜びである。刷毛と皆朱は顔を見合わせて「なんだこりゃ」「さぁな」と首をかしげる。

そこにエイヤと起きあがった蠟九が割って入り、怒鳴りだした。

「小菊ちゃん！　あんたもわからん女だなァ！　たった昨夜のこと、あんたはこう言ったじゃないか。いかなる縁にか会津様ほど愛しい人は大阪中にない、わしが心の誓文はこうじゃあー、とな。だからこそ金銀を遣い、こうして野崎参りとかいう川遊びにもきたのに。ちょがらかされるんじゃあんまりだ。その男の前でも夕べのように言ってくれなきゃ、もう一銭も遣わん。どうだどうだ、どうなんだよ！　よえー！」

二人の上客に挟まれ、小菊はコソ泥のような素早さで辺りを見回す。刷毛と皆朱をみつけて目配せする。と、目配せの意味はよくはわからないが、とにかく苛々《いらいら》していた二人は、腕まくりをして加勢しだした。

「オイ、このもっさり。女はもらうぜ。おまえは会津の草っ原に帰りやがれ!」

「大阪土産《みやげ》にこの川の泥水でもくれてやらぁ!」

するとと蠟九も仁王立ちし、

「そんな脅し文句でブイブイならしてるつもりか。半端《はんぱ》なならず者めらが。そうやって入れ墨を見せびらかし、喧嘩にかこつけて懐の金でも盗む気だろう。ハン、なにが大阪の男だ! こっちは会津で汗水たらして蠟燭を作ってなァ、貯めた金で正々堂々と遊んでんだ。だがおまえらは、貧乏棒に脛《すね》を殴られ、膝《ひざ》も腰も立たねえ青二才の遊女狂ひ。エイ、大阪の泥水より会津の泥足でも喰らへ!」

つっと歩を進め、まずは刷毛の顎《あご》を上下がずれてしまうほど強く蹴飛ばした。刷毛は顎を押さえ、無言でころころ土手を転がっていく。蠟九は続いて皆朱の命の玉、つまりは睾丸《こうがん》を体にめり込むほど蹴りあげた。皆朱は縮みあがり、腹ばいで這《は》って茶屋の腰掛けの下に逃げこんだ。

「オ、オイ? どこ行った?」

と与兵衛が辺りを見回すが、色友達からの返事はもうない。

カッとなり、目玉を剝く。すると蠟九も負けずに指の関節をゴキゴキ鳴らしだした。

「こ、コンの田舎野郎めがァ!」

「なんの、ちょこざいな青二才！」

「地面に逆さまにめりこましてくれん！」

「こっちこそ顎の骨を粉々に砕いてやるべえ！」

と二人はがっぷり四つに組みあう。

小菊が「よえ……」と気のない様子で止めに入るが、おかみに「怪我《けが》さしゃんすな！　大事な売り物」と止められると、「……アイアイ」とすぐ引っ込む。

山道から、茶屋から、面白半分の人々が集まってきて囃し立てる。風も強くなって、土手はすっかり不穏な様子である。

——そりゃ喧嘩よと諸人の騒ぎ！　茶屋は見世《みせ》を仕舞ふやら。二人は絶体絶命の！　ぶち合ひ、組合ひ、堤の片岸踏みくずし。小川にどうどう落ち分かれ。藻屑《もくず》、泥土、舞込み砂。互ひに投げ掛け、摑《つかみ》掛け、打ち合ひ、打ち付け、根気比べとォ、見えにけりィー。

「ウォーッ、引っこめ田舎者！」

「大阪大阪とうるせえぞ！　ほかに言うことないのか、阿呆《あほう》阿呆の大阪男！」

「こらァ、俺をばかにしてもこの大阪をばかにすんじゃねぇぞォ。ドン百姓が！」

与兵衛は、喚《わめ》き、嬲《なぶ》り、ますます顔を真っ赤にして蠟九と取っ組み合う。

土手から川へと転がり落ち、泥にまみれてなおも叩きあう。川にどぶんと落ちては泥のぬかるみを滑って上ってくる。藻屑やらなにやらをめちゃくちゃに投げるうち、どこに敵の蠟九がいるものやら。髷も着物もどろどろに汚れ、南無三！　怒りに任せて辺りの人へも泥投げ男。

おや……。

どこからか「はい、はい、はい、はい！　はい、はい、はい……」という若い男の声が聞こえてくる。泥地獄で猛《たけ》る与兵衛の耳には届かないが、一足先に土手に這いあがった蠟九ははっと耳を澄ます。はてこの声はいったい誰のなんでありましょうか？

「はい、はい、はい、はい！　はい、はいはーい！」

と、こんな時に限って土手をやってきたのは、なんとお侍様の御一行である。道行く町人たちが隅に避け、地面に両膝をついて深々と頭を下げる。しかしそうしつつも「はよ行けや。侍がのさばりよってからに」と小声で悪態をつくのを忘れないのが、我々庶民の強《したた》かさであります。

栗毛の馬に跨《また》る若い侍は、大阪高槻《たかつき》のお殿様の家来、お小姓上がりの重臣小栗八弥《おぐりはちや》。殿の代わりに観音様にお参りするため、知恵の輪の紋を縫い取った濃柿《こいがき》色の揃い羽織でキッチリ正装し、徒士《かち》（徒歩の家来）も大勢引き連れてやってきた。手振りの先共（手を振って道行く人をはらうお役目の家来）もしゃかりきに張り切り、

「はい、はい、はい、はい！　はい、はいはーい！」

と、町人たちを右に左に景気よくはらっていく。

徒士の中心でひときわ真剣な顔をしているのが、徒士頭の山本森右衛門《やまもともりえもん》。齢《よわい》五十二。武士らしく気骨ある顔つきと、背中に物差しでも入っているような姿勢の良さ。ぶつぶつと「こうして八弥様をお守りしてだな。城まで無事に帰り。……はっ！」と殺気立つ。

土手の下からなにか飛んできた。「俺をばかにし腐ってよぉぉぉ」という間抜けな声に続き、泥まみれの若い男が眩《まぶ》しい半裸姿で飛びだしてきて……。

森右衛門は「なに奴《やつ》ッ」と刀の鞘《さや》に手をかけ、

「き、貴様！　なんとする、アアーッ！」

と恐ろしい形相で叫んだ。

——与兵衛がたぐりかけて打つ泥砂が！　出合い拍子に馬上の武士のォ、袷《あわせ》、裃《かみしも》、馬具にまで、ざっくとかかるもォ時の運！　栗毛もたちまち泥栗毛。馬は勇んで躍り

だし。与兵衛もはっと驚くところォー！

自分の投げた泥爆弾が侍の衣装と馬を汚したのを見て、与兵衛は「南無三宝……」と転び倒れる。

「ソレェ！　逃がすな！」

と森右衛門は怒鳴っておいて、若い家来を抜いていちばんに駆けていく。

遊女もおかみも下女も取り巻き連中も、蠟九まですたこら逃げだしていく。

後には泥まみれの与兵衛だけが取り残された。侍の列を前に情けないほど震えあがり、額を幾度も地面に押しつける姿は、さきほどまでとは別人である。

「お、おお、お侍様。ま、ままま、間違いでござる。ど、どど、どうか、お、おおお許し……」

と言いかける与兵衛の両脛を思いっきり蹴飛ばして、うつ伏せに転ばせ、裸の背中に膝を載せてあっというまにひっ捕える森右衛門である。

「無礼者、斬って捨てる！」

と、与兵衛が「オヤその声……」と首を捻る。森右衛門を見上げて、

「おお、伯父上《おじうえ》じゃないかえ」

森右衛門が不審そうに相手の泥まみれの顔を拭《ぬぐ》う。はっと気づき、深いため息とと

もに、

「例によって、またおまえか与兵衛……。また、また、おまえなのか……。またまたおまえか……」

この山本森右衛門は、じつは与兵衛の母の兄である。母のお沢は武家の生まれながら、本天満町の油屋に嫁いだ女房であり、森右衛門は甥《おい》の与兵衛の不良ぶりにほとほと手を焼いてきた。

子供のようにすがってくる与兵衛の妙に長い両腕を振りほどき、森右衛門はきっぱり首を振る。

「ヤイ甥ッ子。おまえは所詮《しょせん》町人。いかように恥辱を取っても疵《きず》にはならぬ。だがわしは、主君より御扶持《おこめ》を冠《こうむ》り、首に名字をかけたる武士の身。いかな理由でもおまえを逃がせば名が折れる。つまり……」

与兵衛は「は?」と首をかしげている。もう助かった気でだらしなく笑っている。

しかし森右衛門は、

「討って捨てる！　立てい町人！」

と切羽《せっぱ》に手をかける。

カチャリ……と音。スッと姿を現す刃を、与兵衛は魅入られてうっとりみつめる。

それから震えだし、「伯父上。しかし……」と呻《うめ》く。

キラリと刃が日に光る。

「世が世なら俺も……。母は武家の子……」

そんなつぶやきにこたえる声はこの世のどこからも聞こえてこない。

与兵衛もそれきりピタリと動かない。

ただ風が吹くばかり。

このとき、馬上から一部始終をボンヤリ見ていた小栗八弥が、遅れてようやくはっとした。親ほど歳の離れた徒士頭に「あの、森右衛門……。おやっ森右衛門？　待てィー！　森右衛門めがー！　待てィー！」と声を上げ、危ういところで身内への殺生《せっしょう》沙汰《ざた》を止めることができた。

森右衛門の振りかえった顔は、もう血を見たかのようである。

八弥は困って思案し、

「そうだ、森右衛門よ。おまえの刀の鞘口は、その、すこし緩んでおるようじゃぞ。刀が落ちて怪我でもすれば、不吉な血を見て観音参りが中止となる。さすればお役目も果たせぬ」

森右衛門は「は？」と鞘口を見るが、もとより緩んでいるはずがない。だが八弥は

「そんなつまらぬ奴は放っておいて先を行く。よいな、な、な。森右衛門？　な！」

とむりに言い募った。

息子ほど若い小栗八弥の気遣いに、情けなく恥ずかしく身の裂ける思いをしながら、

「ぎょ、御意にござる……」と頭を垂れるばかりの森右衛門である。

そして倒れ伏す与兵衛を見下ろし、いまいちど怒鳴る。

「おのれ無礼者め。観音参りの前に血を見ることはできぬ。だからいまは見逃すが、帰り道に首を討つ。いいかここで待っておれよ。必ず斬る。貴様を斬らねば武士の名折れ！　……与兵衛……な？」

と顔を近づけ、（だからな、この伯父の帰り道までにちゃあんと逃げておくのだぞ。じゃないと命はないからな。そういう意味だぞ。わかったな与兵衛。できるだけ遠くまで逃げるのじゃ）と目をやたらパチパチさせて内緒の合図を送った。

手振りの大声も「はい、はい、はい、はい……」と土手から遠ざかる。馬上の主君を守ってまた歩きだした森右衛門が、こっそり振りむき、（いまので大丈夫だろうな。あの甥ッ子には少々鈍いところがあるンだが……）と眉をひそめる。

町人たちも立ちあがり、伸びをしたり、「ようやく行ったか」だの「場違いなんだ

よ、侍めが」だのと話しだす。

　陽気な歌声ももどってくる。

「しっとんとーん！」

「チンチリツテツテーッ！」

「ちりちりてんてん！」

　だが、河内屋与兵衛だけは夢か現《うつつ》か酔ったようで、泥だらけのまま立ち尽くしている。

「な、南無三宝……」

　手も足もガタガタ震わせ、青い顔をして、

「伯父上に斬られる。き、斬られたら死ぬ……。し、し、死んだら……。死んだら」

　風が止まる。

　ふと、目が据《す》わる。

　与兵衛の心は沈みこみながらもへんに沸き立ち、夢か現かもわからず、悪い酒に酔ったような、恐ろしくも、しかし不思議と心地は良いような、生きると死ぬのあわいの中有《ちゅうう》を、蚊《か》のようにふわふわ彷徨《さまよ》うばかりとなってしまった。そしてあーっと右に逃げだし、「アァこっちは野崎、野崎はいかん」とあわてて引き返し、頭を抱えてしゃがみこみ、「大阪に帰りたしィィ」とハッと顔を上げて見回すと、「大阪はどちらやら。方角がわからねえ！」と走りだしたものの、「ア、ア、こっちは京都」とよたよたともどってき、「わかったぞ。あのお山は闇峠《くらがりとうげ》！」とめちゃくちゃな方角を指さし、「それからこっちのお山は比叡山《ひえいざん》か」とおかしなことを言いだし、「アァなんもわからん。アー」と哀れなほど震えあがると、刃の恐怖のあまり、一歩も歩けなくなった。

甲高く吠える。

「死んだらどないしよー！」

「おや、とうとう気が違うたのか与兵衛さん？」

と、間近で女の声がした。

顔を上げると、お出かけ用の加賀笠姿の女が立っていた。くっと顎を上げて顔を見せる。筋向いの油屋の若女房、さっきのお吉さんである。両手で娘二人の手を引き、胸に末娘も抱いている。あきれかえった顔つきで、

「まったくこな様ときたら、ときどきほんとうに気味悪いこと！　ついさっきまであんなに洒落《しやれ》のめしておったくせに、いつのまにやら気が違うての泥だらけ」

「おっ、お吉さん。地獄で仏！　た、助けて下されい。後生だ、お、俺を大阪に連れ

帰ってくれい」

　と与兵衛はすがりつき、しどろもどろでたったいまの出来事を伝える。その与兵衛の恰好と剣幕がおかしくて、きゃっきゃと笑い転げる娘たちに、両手を右に左に思いっきり引っ張られつつ、お吉は別人のようにむっつり答える。

「へェ、そんなことが。そら大変でしたなァ。しかしな、大阪に連れ帰れと言われても、わしはうちの人との待ち合わせがある。お寺に近づいてみたものの、あまりの人込みに驚き、やはりこの辺りで待とうともどってきただけじゃ。ではな、与兵衛さん」

　と立ち去ろうとするものの、追いすがられて「いやじゃ、後生じゃ後生……お吉さんよう……」と口説かれ、考えこみ、エエイと振りむく。

「エエあきれ果てた！　そんなら与兵衛さん、せめてその泥をはらってやりましょ。言うておくがな、こな様のためではないぞ。観音参りの日にそんな恰好で帰ったら、父御の徳兵衛さまが悲しまれる。わしは徳兵衛さまからよくよくこな様のことを頼まれ……。まったくこの大阪一の親不孝者めが。おいでっ！」

　と顎を上げて見下し、まるで汚れた野良犬を呼ぶようにする。

　与兵衛は一瞬、いやぁな顔をした。だがすっと立ちあがる。片頬でお吉の人の良さを笑いつつ、おとなしくついていく。お吉はそれには気づかず、父様《ととさま》が見えたら母に知らしやや」

「コレお清、母様はな、茶屋の奥で与兵衛さんをちっと綺麗にしてやる。父様《ととさま》が見えたら母に知らしやや」

と中娘に言い置き、末娘を上娘に任せて、与兵衛を引っ立て茶屋の奥へと、雑に蹴り入れんばかりにする。

与兵衛は、恥ずかしいのかうれしいのかなんなのか、両手で顎をかき、次第に妙な照れ笑いを浮かべだした。ガミガミ叱られ、手首をギュッと摑まれて引っ張られ、声なく笑いながら、茶屋の葭簀《よしず》（簾《すだれ》囲いの小屋）にと、へんにいそいそ姿を消す。

男の右手の甲に、さきほど女に抓られた痕がまだ赤黒く残っている。

――二人の葭簀の奥。長き、日影も、昼に、傾けー、りぃー。

そこを、恋女房と三人の娘がさぞや待っておるだろうと土手を急いできたのが豊島屋七左衛門。齢三十七。若々しい女房と並ぶと、むむ、父というには若いが兄というには年上という風情の旦那様である。商人らしいしっかりした足取りで、喉《のど》が渇いても水を飲む間も持てず、ともかく大急ぎでここまでやってきたところ。おおきな弁当箱を担ぎ、茶屋の前を過ぎようとして、娘に気づいて足を止める。

興味しんしんで葭簀を覗《のぞ》きこんでいた中娘のお清が、くるりと振りむき、「アレ父様ァー」とはしゃいで駆けてくる。「待ちかねたか。すまなかったな。して母様はどこじゃ」と聞かれたお清は、目をまんまるにして葭簀を指さしてみせた。母親に似たのか、大阪中に轟《とどろ》くほどの声でキンキンと、

「母様はァ、この茶屋の内にィ。河内屋の与兵衛お兄ちゃんとォー」

「なに。向かいの不良息子か。またあのどうにもならん奴……」

「二人ィ帯解いてェ、べべも脱いでェ、ござんするゥー」

「ハ？　裸になっておる？　与兵衛と？　エエ悔しい。この七左衛門がよりにもよって目を抜かれるとは！　お清、そしてどうじゃどうじゃ」

父親がなぜかとつぜん両目をギラギラさせだしたので、お清はますます張り切り、

「そうしてェ、鼻紙で拭うたり洗うたりとォー」

「……なんとまぁ。そうであったか」

七左衛門はおおきな弁当をきっちり隅に置いた。それから茶屋の門口に立ちふさがると、

「お吉も与兵衛もここへ出よ！　出ずんば踏みこむ。エエ出よ！」

「おやうちの人か。いったいどこでなにしていさんしゃった。まったくお昼ごはんの

時間はとっくに過ぎて……」

とお吉が、確かにお清の言ったとおり鼻紙を握って出てきた。だがその鼻紙はなぜか泥で汚れている。七左衛門がハテと怪訝《けげん》になると、与兵衛も長身を縮め、恥ずかしそうな様子で出てきた。

「七左衛門さんか。これは面目ない、ふとした喧嘩で泥にはまり……」

よく見れば、与兵衛は頭の小鬢《こびん》も髷も泥まぶれの濡《ぬ》れ鼠《ねずみ》。二十三にもなって、悪戯に耽《ふけ》った子供そのものである。

七左衛門は腹が立つやらおかしいやら。苛々するあまり、与兵衛にはもう挨拶《あいさつ》もしようとせず、

「これお吉！　これ！　人の世話もたいがいにしろ。だいたいな、若い男の帯解いて紙で拭うておったら、尾籠至極《びろうしごく》疑わしい」

「びろうしごく？」

「エェイ、世間から不義を疑われるということじゃ。お吉、おまえはわしと娘たちの世話をしておればよいのだ。亭主はこのわしじゃ」

お吉は「そりゃそうね」とあっさりうなずく。

「あらお弁当。買ってきてくれたんですね。あぁお腹《なか》がすいた」

「母様ァ、食べたいィー」

「そうねそうね。景色のいいところでみんなでお昼にしましょう……」

とお吉が末娘を抱き、先娘の手を引く。中娘のお清は七左衛門に肩車してもらってはしゃいでいる。豊島屋の家族は与兵衛のことなどすぐ忘れ、観音様の信心参りの人々をかきわけて楽しげにいなくなった。


茶屋の前に一人残された与兵衛が、子供とも大人とも老人ともつかぬ有様で、とほーん、とする。すると後ろから棒で背中を乱暴に突っつかれた。とほーんとしたまま振りむくと、茶屋の主が近所の者を五、六人も連れ、箒《ほうき》の柄でおっかなびっくり与兵衛の腰を押していた。「さっきからずっとひとところにおるな。これからお参りなのかそれとも帰り道か、ようわからぬおかしな奴。さっさとどっか行け」と追い立てられ、与兵衛は土手にもどった。

そのときである。

「はい、はい、はい、はい、はい、はいはーい！」

折り悪く、無事にお参りを済ませた小栗八弥の行列がまたやってきた。うろたえた与兵衛が大慌てで町人たちを押し分け逃げようとするところを、森右衛門が目ざとくみつけ、「あ、あいつめ。まさか」と心底ぎょっとする。隣の若い徒士も気づいて「あ」と声を上げるので、仕方なくえいと走りだし、

「ヤイヤイ。いまは帰り道、血を見ても構わぬ！」

とまた与兵衛をひっくり返し、背中に膝をのせて取り押さえ、誰にも聞こえぬ小声で、「逃げろと言うたのになぜおる！　こいつめ」「は？　そんなことは聞いてねぇぞ。おかしなことを言う伯父上……」「目配せしたろう！」「え、目配せ？」と与兵衛は空洞のような目で呆けて森右衛門をみつめかえすばかり。

森右衛門は周りに向けて大声で「武士に二言はないッ！　斬って捨てるッ」「おお伯父上……か、堪忍《かんにん》」と与兵衛が震えあがる。

そこを、

「……ま、待てィ森右衛門！」

と、こんどはすぐに止める八弥である。

やけに低いところから声が聞こえると思ったら、帰りは徒歩のようだ。馬はと言えば、みっともない泥だらけのまま手綱を引かれ、馬なりにしょんぼり頭を垂れている。

八弥は徒歩のせいでお疲れらしく、「どうした森右衛門よ」と問う声にも、さきほどまでの張りがない。

森右衛門は相変わらずの大声で、

「きゃつこそさきほどの無礼者にござります。知らぬ者なら少々は見逃せましょうが、じつは甥ッ子。咎《とが》を許せば名折れとなりますゆえ、拙者、どうでもこの泥男を斬らねばなりませぬ」

「はて。その咎とは」

「お尋ねには及ばず！　御服に泥を投げかけて穢《けが》し……」

「いや。着替えたからもう平気である」

「お召し替えの前の小袖の話でありまする！」

「エエイ、着替えたからよいと言うておろうが！」

「しッ、しかしィ、御馬の鞍《くら》、鐙《あぶみ》までも泥に染み、徒歩でお帰りなさる恥辱を与えたのはこやつにござりますゆえ……」

「黙れ。この毛皮の馬具は障泥《あおり》と言う。泥をへだつと書いて障泥。つまりそもそも馬具には泥がかかるものということじゃ」

とさすがに博識な八弥である。森右衛門は、何を言われたのかよくはわからぬまま、

「い、いや、しかし！」

「確かに武士たる者の恥はおおごとである。たとえただひとしずくの濁り水、つまり

ほんのちょっとした不祥事でさえも、家名を汚したと捉えられ、責任を取らねばならなくなる。だがこいつらのような下賤《げせん》な町人風情は、な……」

うつぶせにひっ捕えられた与兵衛が、びくりと肩を震わせ、八弥を睨みあげる。

「もとより泥の中から生まれたような者ども。いまさら汚れも困りもせぬし、名字もないから名折れもせぬ。町人風情の泥などに染まる八弥ではない。広い心で見逃すのじゃ」

と八弥は森右衛門と甥を庇《かば》い、「もうよい、もうよい」と面倒そうに歩きだす。だが森右衛門は「家名を汚すひとしずく、濁り水の……おおごと……」と顔色を変え、奥歯を嚙《か》みしめた。それからよろよろ列にもどる。意気消沈する森右衛門を先頭に、行列は「はい、はい、はい、はい……」という掛け声も騒がしく遠ざかっていった。

残された与兵衛は、土手で起きあがって胡坐《あぐら》をかき、「泥の中から生まれた一滴、かよ」と犬か狼のような目で行列を睨んだ。「侍がのさばりよって！」と肩を落としうそぶく。

（世が世なら……）

しかし……。

（この俺だって……）

そのつぶやきに答える声はやはりこの世のどこからも聞こえてこないのだ。

日暮れてきた空を与兵衛は見上げる。

鳶《とび》が一羽飛びすぎる。

与兵衛は土手に大の字に寝っ転がり、ちぇっとつぶやいた。はだけた裾から長い脚と脛に生えた毛が小汚く男臭く覗いている。

「まったく。どうして俺ばかりなにもかもうまくいかねぇのかよ！」

脛に蠅が止まり、しばし休み、またブーンと飛んでいった。

中の巻

河内屋《かわちや》の場

「羯 諦《ぎやーてー》羯 諦《ぎやーてー》羯諦《ぎやーてー》波羅羯諦《はらぎやーてー》、波羅僧羯諦《はらそうぎやーてー》、羯諦羯諦《ぎやーてーぎやーてー》」

「唵呼嚕呼嚕《おんころころ》、旋茶利摩《せんだりま》、登枳《とーぎー》」

「波羅掲諦《はらぎやーてー》、波羅掲諦《はらぎやーてー》」

「唵阿毘羅《おんあびらー》、吽欠《うんけん》！」


野崎《のざき》参りから二十一日経った五月二日。ぽかぽか天気の良い春の午後。油などの小売店がせせこましく建つ商人の町、大阪本天満《もとてんま》町《まち》は今日もまた活気に満ちて騒がしい。

そんな中、道行く人々をかきわけかきわけやってきたのは、首に派手な数珠《じゆず》飾りを巻き、腰には毛皮の腰当、手には八角の金剛杖やホラ貝を持った山伏風の若衆五人組である。口々に「ぎゃーてー」「うんけん」「せんだりまー」と唱え、ぷぉぉーとホラ貝を吹きつつ、はしゃいで練り歩く。

右に河内屋、左に豊島屋《てしまや》と、ちいさな油小売店が向かい合う路地で足を止める。河内屋を覗《のぞ》きこみ、

「オーイ、与兵衛《よへえ》」

「って、いないのかよ。こらァ与兵衛」

と呼ぶ。ぷぉぉー、ぷぉぉー、とホラ貝の音色も姦《かしま》しい。道行く人がなんだなんだと振りむく。

油屋の株仲間の若衆である。この時代の商人は庶民の知恵を絞り、同じ商売どうしで集まって幕府に税金を納める代わり、商売の独占権をもらっていた。どこかの店で問題が起こらないように目を光らせあい、後継ぎ問題にも口を出しあった。

五人は大阪のあちこちの油小売店の後継ぎたち。口々に与兵衛を呼び、ホラ貝を吹いたり派手な杖を振り回したりしながら、

「今年の山上講《さんじようこう》もぶじ終わったぞーい」

「こうしてお山を勤め終えられ、有難いことだなァ」

「大峰山《おおみねさん》にゃいろんなやつが修行にきてた。桑津《くわづ》とか、遠くからやってきた信心深い

やつもいてさ……。って与兵衛？　いないのかよ」

彼らが口々に話している山上講とは、伊勢参りと同じぐらい流行中の修行付き小旅行のことである。所は奈良の吉野の大峰山。祖先の霊が眠ると言われる有難いお山。この季節、若衆が連れだって大峰山に行き、山上講という山伏集団の信者として数日の山間修行をした。最後は崖《がけ》から突き落とされそうになりながら、大声で親孝行や勤勉の約束をし、すっかり心洗われて帰ってくる。というわけで、彼らもまだ興奮冷めやらず、

「オーイ与兵衛。おまえだけこないから心配したぞ。ぎゃーてー？」

「体でも壊したのかよ。うんけん？」

「山伏のおっさんから面白い話を聞いてさー。せんだりまー！」

と覚えたばかりの般若心経《はんにゃしんぎょう》の呪文交じりで大はしゃぎしているわけであります。


——さて、その河内屋の内。

広さはわずか一間半《いちげんはん》。真ん中に大きな丸い柱が一本。手前に、近所の人への量り売り用の油櫃《あぶらびつ》がでんとおいてある。奥には仕入れた油樽《あぶらだる》がみっちり積まれている。規模はちいさいが清潔で無駄がなく、きちっとした店内である。

奥のほうで、ぱち、ぱち、と算盤《そろばん》を弾《はじ》いていた河内屋徳兵衛《とくべえ》が、「ん?」と顔を上げて表を見やった。

「与兵衛、与兵衛と、さっきからなんの騒ぎやろか……」

この徳兵衛が河内屋のいまの主人である。

もともとは代々の河内屋の血を引く先代徳兵衛がいた。三十年前、武家の娘のお沢《さわ》が嫁いできて、太兵衛《たへえ》と与兵衛の兄弟が産まれた。しかし兄が七つ、弟が四つのとき先代徳兵衛が病死。息子たちもまだ幼く、このままでは河内屋が潰《つぶ》れると、お沢の兄が心配して口を出した。ほら、例の山本森右衛門《やまもともりえもん》。小栗八弥《おぐりはちや》に仕える徒士頭《かちがしら》である。森右衛門は先代に忠実だった番頭を説き伏せ、番頭のほうが年下ではあったが、お沢と祝言を上げさせ、店と徳兵衛の名を継がせた。これが今の主人の徳兵衛、云わば新徳兵衛である。そののち父親ちがいの妹お勝《かち》が生まれ、河内屋は五人家族と相成ったのだ。

その新徳兵衛がハテと耳を澄ましていると、

「土産話《みやげばなし》を聞かせてやるよー。与兵衛ー。ついこないだのこと、十二、三歳の子が盲《めくら》になっちまったそうだー。その子は大願かけて杖をついてお山に登った! 行者様を拝むうち、両目がくわっと開いて、帰りの坂は杖もなしに走って降りられた。それでな……」

「見てた人たちは、こりゃ有難い、今年の秋は豊作だって喜んだ。どうしてかわかるか与兵衛」

「小さい盲は小盲《こめくら》、つまり米蔵《こめくら》。米蔵が開いて下り坂を走ったとは、米の値段も下がるってぇこと。わかったか？」

「オーイ」

「こういうな、山上講の土産話がたくさんある。出てこいよ」

首を捻《ひね》って聞いていた徳兵衛が、ハッとする。立ちあがると、背を曲げた小走りで入り口に向かう。

若衆五人組が、オヤと黙りこむ。

「お若い衆、山上講からのお帰りにございますか。感心なことでございます。ハァそれに引き替えうちの与兵衛。あの泥息子ときたら……」

五人はふんぞり返って徳兵衛をじろじろ見だす。番頭上がりの主人だからとすこし軽く見ているようである。

「山上講に行くからと、わしから四貫六百、順慶町《じゅんけいまち》の兄の太兵衛から四貫……」

徳兵衛は両手を空に上げ、見えない算盤をパチパチやる仕草をして「あわせて八千六百文。つまり金二両ほど持って出かけ……」と言うので、若衆は（さすが元番頭）（計算が早いぞ）とこっそり目配せしあって笑った。

徳兵衛は続けて、

「大峰山に行ったとばかり思っていたのに、どこに行ってしまったのか。神仏の罰《ばち》をも恐れぬ道楽者《どろく》。ナァ若い衆、どうか友達甲斐《がい》にあやつに意見を頼みます。どうかどうか、どうか」

とぺこぺこ頭まで下げだすので、若衆は「えっ。いやぁ」「僕らなんて、そのぅ」と顔を見合わせあった。

「お継父《とう》さんが注意した方がいいですよ」

「僕らが言ってもねぇ」

そこに、河内屋の奥から、小柄だが目力の強いがっちりした中年女がのしのし出てきた。徳兵衛の女房、与兵衛の母のお沢である。こちらは武家の出。そのせいか五人組を見やる顔つきもいかにもキリリと恐ろしい。

思わず姿勢を正す若衆に、ずい、ずい、と力強い仕草で茶碗《ちゃわん》を差しだし、

「なうなう、めでたいお帰り。マァ一杯ずつお呑みなされ、皆の衆」

「あ、は、はい。い、いただきます……」

受け取って茶を飲みながら、恐いもの見たさのような上目遣いでお沢の様子をちらちら見る若衆である。

お沢は河内屋の内をギロリと振りかえり、

「実はの。末娘のお勝がもう二十日も枕上がらず、医者を三人替えても熱が冷めかねておりまする」

五人は「えっ、与兵衛の妹が？」「二十日もか。そりゃかわいそうにな」と心配そうになる。

「節句は近づく」

五月五日の節句とは男子の祝日だが、商人にとっては年に数回ある決算の日でもあり、商家はどこもてんてこまいとなる。

「お勝に婿《むこ》を入る談合も決まり」

若衆が顔を見合わせ、「婿？　妹は外に嫁にやるんじゃなかったっけ」「与兵衛がこの跡取りだよな……」とささやきあう。

「何かに付けて夫婦の苦労」

お沢は怒りに肩を揺らしながら、

「その理由、あいわかった！　罰当たりの与兵衛めが、山上講に行かなんだ祟《たた》りにちがいあるまいと、な！」

「えっ。いやァそんな……」

「皆の衆。与兵衛に代わってお詫《わ》びの祈禱《きとう》をお頼み申す！」

「いや、お沢さん」

と五人組が一斉に首を振る。すると五人分の首飾りがじゃらじゃらと鳴った。口々に、

「与兵衛のせいだったら本人が祟られるはずですって。あいつが酷《ひど》い目に遭うんならわかるけど」

「うん。ありがたい仏様が、なんにも悪いことしてないお勝ちゃんを病にするなんてこと。ないない」

「あっ、そうだ。ほらおまえ？」

「そうそう。お沢さんは御存じですか。大峰山で大阪一の凄《すご》い山伏の噂《うわさ》を聞いたんです。どんな病も祈禱一つでたちどころに直してくれると」

「白稲荷法印《しろいなりほういん》という。な？　な？」

と興奮して流行《はや》り山伏の噂話をしだす。

山伏の祈禱は、町医者の薬と同じぐらい効力があると庶民から頼られていた。お沢

も次第に神妙な顔になって、

「なうなう忝《かたじけな》い。私は山伏殿へ頼みに参ります。ではこれでゆるりと、お休みお休み」

と河内屋の内を指さす。だが五人組はうちに帰って家族と過ごすからと丁重に断った。そしてまたホラ貝をぷぉぉー、ぷぉぉーと吹き、「羯諦《ぎゃてぃ》羯諦《ぎゃてぃ》波羅《はら》羯諦《ぎゃてぃ》、波羅《はら》僧羯諦《そうぎゃてぃ》羯諦《ぎゃてぃ》羯諦《ぎゃてぃ》、波羅《はら》羯諦《ぎゃてぃ》波羅《はら》僧羯諦《そうぎゃてぃ》。唵《おん》呼魯《ころ》呼魯《ころ》旋茶利《せんだり》摩登枳《まとうぎ》。唵《おん》阿毘羅《あびら》吽欠《うんけん》」と唱えながら歩み去っていった。


若衆は右に、お沢は左に、それぞれ河内屋を出ていく。残された徳兵衛はまた、ぱち、ぱち、と算盤を弾いたり帳簿をつけたりし始める。端の間の屏風《びょうぶ》の向こうから、「うー」と女の子の呻《うめ》く声がする。徳兵衛は帳簿をめくりながら、背中越しに「お勝、大丈夫か」と声をかける。「ウン」と年頃らしい可愛らしい返事が返ってくる。徳兵衛は無言でうなずき、また算盤を弾きだす。と、ドスドスという足音とともに、三十すこし手前のむっちりした男が表から走りこんできた。徳兵衛が顔を上げ、

「おや、太兵衛か」

これは与兵衛の兄、太兵衛である。本天満町から徒歩十五分ほどの順慶町で立派に自立している。徳兵衛が株仲間にかけあい、貯金をはたき、実家の河内屋よりもおおきな油屋を開かせてやったのが五年前のこと。しっかり者の継子の姿に、徳兵衛は頼もしそうに目を細めたものの、ふと気づき、

「どうした太兵衛。いつもは羽織を羽織り、きちんとした恰好でやってくるおまえが、そんな前掛け姿のままで。しかもずいぶん急いだ様子」

それからはっとする。

「もしや妹のお勝のことが心配でか？　おまえの店はうちよりおおきく忙しい。それに節句前の勘定書や売上金の計算で大変な時期だろうに。わざわざ見舞いには、及ばぬ……。お、おーっと？」

継父《ままてて》に話しかけられている途中で、太兵衛は店内に走りこみ、徳兵衛の右耳にずずっと口を寄せた。思わず腰を引いて避ける徳兵衛に、大慌ての早口で、

「親父《おやじ》様！　たったいま表で母上に出逢うたのでな！」

「おぅ、そのことか。お沢は山伏を呼びに行ったのじゃ」

「はい。それでですな、その母上にはお話ししたのですが……コレですよ、親父様！」

と懐から手紙を取りだす。焦ってなかなか開けない。徳兵衛も深刻な真剣な顔になって手元を覗きこむ。

「高槻《たかつき》の伯父上《おじうえ》からの手紙を飛脚が届けてきたのです」

「森右衛門様から？　ハテ？」

「なんでも先月の野崎参りでですな……」

徳兵衛が「野崎参りか」とハッとする。

「ご主人の小栗八弥様のお供をしておるとき。極道者の与兵衛めが、野良喧嘩《のらげんか》をし、よりにもよって小栗様に泥をかけ」

「エーッ」

「徒士頭の伯父上はもちろん与兵衛を斬《き》って、自分も切腹しようとなさったが、小栗様が穏当に御思案なされ、危ういところで事なきを得たと」

「そんなことがあったとは。野崎参りの日に与兵衛がおかしな様子で帰ってきたので、気にはなっておったのじゃ。だが翌日お勝が倒れ、ついそれっきりに……」

「親父様！　問題は伯父上が高槻に帰って後のことなのです。武家一門のみならず、町家でまで噂となり、伯父上は武士の生き恥！　おめおめと御奉公を続けられぬと、小栗様に暇《いとま》を願ったと」

徳兵衛は文字通りひっくり返り、

「ええーっ。で、では、与兵衛の不良《のら》めのせいで、森右衛門様が浪人になられてしまったと。さ、さっ、さてこそな……」

と上《あ》がり框《がまち》に弱々しく座りこんだ。

静けさの中、太兵衛が手紙をたたむ音だけが響く。屏風の向こうで妹のお勝が聞き耳を立てている気配もする。

徳兵衛が弱々しく、

「あぁ与兵衛め。いまに事件を起こすのではと心配しておったのだが、この分ではいつかさらに大きな事件を起こす気がしてならぬ。どうしたらいい……」

「どうしたらもこうしたらもない。あの泥息子を追いだすのじゃ、親父様」

徳兵衛が「えぇーっ……」とおどろき、しっかり者の継子の顔を見上げる。

太兵衛は前掛けを引っ張りながら、右に左にいつになくいらいらと歩き回り、

「だいたいです、親父様が手ぬるいのじゃ！　私と与兵衛はあなたの種でないからとて、ご遠慮が過ぎます」

「い、いやそれは……」

「腹に宿った母ぢゃ人と連れ添うあなたを、私は真実の父と存じておる」

「オォ太兵衛」

「しかし！　親父様はいまでは婿を取れるほど大きぅなったお勝を打《ぶ》ち叩《たた》いても、あのダラ者の与兵衛めには拳一つ当てず、つけあがらせ、万事に遠慮。これ皆、じつは与兵衛への害じゃわい」

「そうか。うーむ……」

「あんな奴はもう叩きだし、私の方へよこしなされ」

徳兵衛の表情が軽くなる。

「おぉ、ではお前の店で与兵衛の世話を？」

「いや、どれぞ厳しい主人のいる店で働かせ、根性を叩き直してやりましょ」

継父は、一度はほっとしたものの、「ほかの店……」とまた心配そうな顔になったり忙しい。

やがて、苦労のせいか年より老《ふ》けた横顔に、いかにも無念そうな暗くつめたい表情が広がっていき、

「……ええ口惜しい」

その低い声に太兵衛もはっとする。

「なるほど、継父なればとて親は親。子を折檻《せっかん》するに遠慮はないはずなれど。しか

し」

徳兵衛はお爺《じい》さんのように背中を丸め、真実しょんぼりし、

「太兵衛も与兵衛も元は主人の子。幼いころは『ぼん様、ぼん様』と大事に呼んだものじゃ。与兵衛もな、このわしに向かって『どうせいこうせい』と命じておったのをよう覚えておるのだろうな。お沢とて元はお内儀様。それが森右衛門様の料簡もあり、油屋としての独立をあきらめ、お内儀様と女夫《めおと》となり、こうして河内屋を継ぐことと相成り……」

「ええ、ええ。おかげで母上もわしも与兵衛も路頭に迷わずすみました」

「苦労の甲斐あり、おまえは立派に独り稼ぎできる身となった。後はお勝をどこぞに嫁にやり。与兵衛めに河内屋を継がせ。商いの手を拡げさせ、手代を置いたり蔵の一軒も建ててほしいと思うておったが。こうして足掻《あが》いても足掻いても……」

徳兵衛はますます肩を落として縮こまり、絞りだすような小声で、

「まるで、金を束ねた縄の尻がほどけたような毎日。むりやり籠で水をくむような生活。一匁儲《いちもんめもう》ければ百匁使ってしまう。おそるおそる意見を言えば、雨霰《あめあられ》の如く百言も言いかえされる有様じゃ。与兵衛を前にすると、糠《ぬか》に釘を打ち続けておるようで、辛《つろ》うてなァ」

兄の太兵衛は苛立《いらだ》ってまたうろうろ歩きだす。

「わしゃ、元が主人の子と使用人の、この身の境遇が口惜しいばかりじゃ」

「あの道楽者の弟めが。親父様の正直な働きぶりを見抜いたうえでの八つ当たりにちがいあるまい。したい放題に踏みつけおって。親父様のおかげで母子三人、橋の下に寝ずに済んだこと、その慈悲は真の親と変わらぬ。その道理がなぜわからぬか！」

太兵衛は立ちどまって、

「母上もよう言うておられる。なにもかも親父様のおかげじゃと。それなのに母親の自分が野良息子を甘やかしてはならぬ、親父様にますます気兼ねさせてしまうじゃろ、と」

「お沢がそんなことを」

「ええ。それに、さっき表で母上と会いましてな。伯父上の手紙を見せると、激昂してこう言いしゃんした。『因業晒《いんごうさら》しの与兵衛には愛想が尽き果てた。こうなったら江戸へでも長崎へでも追い下し、それで与兵衛が死によったらそれまで。もう顔も見とうない、仏にかけて愛着など微塵《みじん》もないわい』と」

「お沢がそこまで怒ったか……」

「このうえは母上にも私にも一切の遠慮はいらぬ。きっぱりはっきり勘当なされい」

「そうか……」

「おや親父様?」

「じつはな太兵衛。さきほども、油屋の若衆に与兵衛への意見を頼んだところ、親父が言うたほうがいいと逆に意見される始末でな……」

と徳兵衛が立ちあがる。

「よし! 今日こそ与兵衛に、わしが……。言うてやる……」

「そう厳しく! 勘当するんですよ!」

「よ、よ、よしッ! 勘当じゃ! 与兵衛を勘当じゃ!」

徳兵衛が決意をこめてうなずいたとき。

端の間に置かれた屏風の奥から、あわてたような「アー、アァー父様ァー。術《じゅつ》ない苦しいー……」という女の子の悲鳴が上がった。

途端に徳兵衛も太兵衛もはっとし、与兵衛のことをたちまち忘れ、「お勝よ、どうした」「お勝、お勝」と屏風の向こうを覗きこむ。

「母様《かかさま》……。母様は……。アー、アアー」

「お沢はすぐにもどってくる。しっかりせい……」

と徳兵衛が急いで言ったとき。

ちょうど表から、割鐘の響くような大声がした。

「河内屋徳兵衛様は此方《こなた》かァ！　山上講中頼みにつけェ、有難き稲荷法印《いなりほういん》が御見舞い申すぅ！」

徳兵衛と太兵衛が振りむくと、小山のような身の丈の山伏が立っていた。黄金の錫《しゃく》杖《じょう》に白銀の数珠。さきほどの若衆の出で立《いた》ちとはちがい、いかにも本物の迫力に満ちている。

太兵衛は安心し、「母上より先に山伏がきたようじゃ。お勝よ、熱が下がるとよいなぁ。親父様、私は店にもどります」と前掛けを揺らして急いで帰っていった。

——踏み締めもなく世の中を、滑り渡りの油屋与兵衛。売り溜め銭は色狂ひ。絞り取られて元も利も、滓《かす》も残らぬ油桶《あぶらおけ》ェ。重げに見せる、汗は夏。中は涼しき空き樽を、荷《にの》うて宿へ帰りしがァー！

兄の太兵衛と入れ替わりに、与兵衛が河内屋にもどってきた。

相変わらずのゆぅらりゆぅらり柳のような歩き方。肩に担いだ天秤棒《てんびんぼう》の先に空っぽの油桶を二つ、情けなくブランブランとぶらさげて。夏の夕刻の日射しに透明な汗を光らせて。銭はといえば、例によって曾根崎《そねざき》新地の料理茶屋で、ハァハァよえよえと

小菊《こぎく》に絞り取られてのすっからかん。それなのに肩をいからせ、顎《あご》を上げ、むりに小気味よく入ってきたかと思うと、

「ヤ、山伏とは珍しいな。妹の病気祈りの為か。ハハ、祈禱如きでお勝の憑物《つきもの》が退くものかねぇ。退いたらこの与兵衛の首をやらぁ。ハハハ。浄瑠璃話に出てくる天竺《てんじく》（インド）の名医耆婆《ギバ》でも治せぬ死病だ。無駄に気骨を折られるばかりだろうな」

山伏が振りかえってじろりと与兵衛を見る。その横で徳兵衛も、泥息子が帰ってきたと睨《にら》みつける。屏風の奥からお勝がまんまるの可愛らしい顔を出して、「お兄ちゃん」と小声で呼ぶ。

与兵衛は返事をせず知らんぷりし、油桶と天秤棒を落間《おちま》にからからと放りだすと、

「お勝の病よりも大事なことがあるぞえ」

「……なんだ与兵衛」

いかにも不機嫌そうな声色に気づき、継父の顔色を見やったものの、そう気にせず続ける。

「俺《おれ》ァ、親父さまにするべき大事な話をついはったりと忘れておってな。思いだしてあわてて帰ってきた。母上には前にしたのじゃが。じつは先月十一日のこと。野崎参りで森右衛門さまと行き会うて……」

徳兵衛がはっと与兵衛を見る。

「うむ、与兵衛。その話はたった今……」

すると与兵衛は悪の顔つきになり、唇を歪《ゆが》めたいやな目つきをして、

「そのとき、親父さまに託《ことづけ》を頼まれたのじゃ」

「太兵衛から聞いたところで……。はっ、託？」

「おう」

と与兵衛は威張り腐って胸を張り、

「森右衛門様は、主人のなんとかいう間抜けな若侍の金を、えーと、そうだな、四つ宝丁銀《ほうちょうぎん》三貫余りも遣いこんでしまった。五月五日の節句までに返さねば、主人にばれ、千日柱で獄門首にされちまう。俺も、ま、半分は武士の血が流れてるからな。切腹とちがって、獄門首ってのは首をさらされる不名誉な刑だ。聞いただけでゾッとすらァ。伯父上曰《いわ》く、太兵衛に頼みたいが、あいつは道理ばかりで情のない男だ。こういう情けねぇ話のときに頼れるのはおまえ、この与兵衛だと、な」

と得意になって話している。

「というわけで、森右衛門さまから親父さまに託だ。この与兵衛に三貫持たせ、こっそり高槻に持ってこさせいと」

徳兵衛は心底あきれはて、口を大きく開けて与兵衛を見守るばかりである。一方、悪そのものだった与兵衛の顔つきは、己の嘘《うそ》の上手さに、だんだん子供のような得意満面の笑みになり、

「親父さま、たったの二貫や三貫で伯父上の首を斬り落とさせるわけにはいかんだろう。今日はもう五月二日。節句は三日後。サァ、いますぐ三貫出してくれ。俺が夜明けに出発し、金を届けてやろうじゃねぇか」

徳兵衛は、継子のあまりに無邪気な表情を前に、憎さとおかしさが入り混じり、叱《しか》ろうと思うのに次第に笑いをこらえる顔になって、

「いやいや、与兵衛。伯父といえども、よりによって主人の金を盗むような侍はいかんぞ。与力や同心などの町役人に捕まえさせ、千日柱で首をコロリと斬り落としてもらったほうがよいのではないか」

「……エーッ？」

「だいたい、簡単に三貫と言うがな。四つ宝丁銀三貫ということは……」

とまた宙に向かって見えない算盤を弾いてみせ、

「新銀だと七百五十匁、小判にすれば十六両余りかの。かき集めたところで、いまうちには三匁もないぞよ」

「い、いや、そんなはずねぇだろ！　だって！」

「それに与兵衛。お主の商い……」

と、与兵衛が放りだした油桶と天秤棒を拾って、整理《せいり》整頓《せいとん》、きちんとしまいながら、

「去年からこうして油を持って出る割に、売り上げは一文も渡そうとせぬな。その売り上げ……」

と帳簿を開いてパチパチ算盤を弾いたかと思うと、「三貫どころか四貫は残るはず。その金を高槻に持っていけばよいだろう」とうそぶく。

与兵衛がまた大人の悪の顔になり、チッと舌打ちをしてみせるところ、徳兵衛はさらに、

「そんなことより、おっつけ嫁にやるはずの……いや、ではなく、その……婿を取るはずの大事なお勝の病のほうが一大事」

「なんてこと言いやがる。伯父上を見捨てる気か。フン。ちぇっ……」

「おーっとそれより、稲荷法印さま、サァお待ちどう。娘の容体を見てくだされや」

と徳兵衛が与兵衛を押しのけて山伏に声をかける。算盤算用の外れた与兵衛は、恐い顔をして徳兵衛の背中を睨みつけたかと思うと、つぎの瞬間また子供のような顔になる。徳兵衛の大事な算盤をわざわざ枕代わりに寝っ転がって「おぅおぅ、お勝に婿

を取れるならやってみろよ！」と怒鳴る。小声で「フン。お勝はなァ、此《こ》の兄の言うことならなんでも聞く……」と横目で端の間の様子を見やる。

屏風が片付けられ、お勝が徳兵衛の助けで布団からよろよろと起きあがる。おや、やつれているかと思いきや、むっちり太って顔色もよい。しかもこっそり兄とうなずきあっている。

稲荷法印は両手を振り回して印を作ったり錫杖を鳴らしたりし、お勝を見下ろすと、

「ムム、齢《とし》は幾つ？」

「十五ぉ」

と答える声もはりがあり、じつに可愛らしい。

「病みつきは？」

「先月十二日からぁ」

稲荷法印はおもむろに懐中に手をやり、書物を取りだして「フムフム。十二は人を病苦から救ってくださる薬師如来さまの縁の日じゃ。そして十五は人を極楽浄土に連れて行って下さる阿弥陀《あみだ》さまの縁の日じゃな。薬師如来と阿弥陀……。あーっ、あいわかった！」ととつぜん叫んで錫杖を振り回しだした。徳兵衛も、寝っ転がった与兵衛も、黙って山伏を見上げている。

「『法蔵比丘《ほうぞうびく》』という説経浄瑠璃じゃ。ホレ、天竺の西方のせんじょう太子と東方のあしゅく夫人が夫婦となり、後に薬師如来と阿弥陀になられる物語じゃ」

はいはい。これは庶民によく知られる浄瑠璃の演目の一つであります。

稲荷法印は派手に数珠を鳴らしながら、

「フム、十二と十五。薬師如来と阿弥陀。つまりは夫婦。この子の病はな、早く婿を取りたいがためにちがいあるまい」

「えー、いえー。あたしはべつにぃ」

「いやいや、ありがたき稲荷大明神の教えには髪の一筋のまちがいもないのじゃ。我らの祈禱は、薬と同様かそれ以上によく効く。ご存じですか。神仏にもそれぞれのお役というものがありまするぞ」

と山伏がぐるぐる歩き回りながら、早口の口上を続ける。そして辺りを見回し、大声で、

「アァ熱病を冷ましたい？　それなら比叡山の二十一社に行かれるとよい。逆に冷えを温めるなら熱田《あつた》明神の管轄ですなァ。そう、頭がおかしいのだってポンと治りますぞ。愛宕《あたご》権現《ごんげん》で祈禱してもらいなされればよい。そこなるお爺、お婆、もしも足が痛いならな、足、あし……阿《あ》閦仏《しくぶつ》にお祈りなされい！　若い逃亡者や盗人には、不動明王

の鉄縛《かなしば》りという山伏の技が効きますぞな。おや、いまクシャミしたお方、風邪《かぜ》を治すには、かぜ、かぜ……伊勢にある風の宮が効くでしょなァ！　エッでも老衰まではさすがに治せまいって？　いやいやそれが。白鬚《しらひげ》神社と白髪《しらが》薬師《やくし》がありまするぞ！　ナニそちらのお客さんは？　男色による痔《ぢ》の悪化がお悩み？　そんなら、じ、じじ……仏の慈悲の地蔵菩薩！　なに、そっちの兄さんは博打《ばくち》で勝ちたい？　それならな、カルタの勝札、アザ札、アザアザ……麻布《あざぶ》の明神《みようじん》！　シャカ札、シャカシャカ、釈迦牟尼仏《しやかむにぶつ》！　なんだって？　姐さんは博打の胴元？　なるほど逆に、客に儲《もう》けてほしくないわけですな。そんなら骰子《サイコロ》の目に合わせ、四三《しそう》……五六《ごろく》の……六社大明神にお祈りじゃァ！　はっはー！」

はい、口上に出てくるのはどれも庶民の悩みであって興味深いことであります。どこからか観客の笑い声や歓声も聞こえてくるようです。が、河内屋の内では、あまりの早口に徳兵衛もお勝もぽかんと聞いているばかり。

「さて中でも私が得意とするのが、銭、小判、米の相場！　上げるも下げるも自由自在。米の在庫を抱えた人が値段を上げたいと言いだせば、神々がおわす高天原《たかまがはら》の八百《やお》万神《よろずのかみ》に祈りまする。逆に下げたいと言われたら、高いお山から転がり落ちての、下がる、さが……嵯峨《さが》の釈迦堂！　やす、安い……安井天神！　もしも、どちらの祈禱も同時に頼まれちまったら、高からず安からずの間を取って高安大明神！　我らの法力はこれほど確かなことなのじゃァー！　はっはー！」

稲荷法印は大きく息を吸い、

「して祈禱の礼は、三十両いただくぞえー！　はっはー！」

と錫杖を振り立て、激しく数珠を鳴らし、それから両手の指で印を結んでみせる。徳兵衛は楽しくなったようで「なんと、そうでやんしたかァ」とにこにこ聞いている。そこに与兵衛がお勝に目配せする。

お勝はうなずき、とつぜんゆぅらりと柳のように立ちあがった。

「オイ、祈りはいらぬ」

男のような低い声に、山伏がおどろいてお勝を見る。徳兵衛もはっとし「お勝？」と駆け寄る。

「祈禱もいやじゃ……。お勝の病を治すにはな、婿取りの談合をやめてたもー……」

お勝は続けて、布団の上を死人のようにうろうろとうつむき歩きながら、

「婿を取って、婿に河内屋を継がせれば、お勝の命はないと、お、思いしれぇ……」

山伏も徳兵衛もあっけにとられている。

「えっと、その……わしの……息子の与兵衛が……若気ゆえの借金に苦しめられてお

るのが……父の冥土《めいど》の苦しみじゃ……。か、呵責《かしやく》の責めである……。そこでだな、流れ身の遊女なりとも、与兵衛が約束の人、曾根崎新地の小菊を請け出し、嫁にし、河内屋の所帯を渡すのじゃあ……。いいな……徳兵衛よ……」

と言い終わると、お勝はきろきろと見回し、兄の与兵衛にうなずいてみせ、「うー、苦しい……」と布団に倒れる。

事情を知らぬ稲荷法印が、すわ死霊の出現と張り切って、

「汝《なんじ》元来いずくより来る！　とっく去れ去れ！　法力尽くべきか！」

と鈴《れい》や錫杖をちりりんガラガラと鳴らして叫ぶ。お勝の頭を錫杖でひどく強く叩きだす。お勝は倒れたまま、横目で与兵衛に助けを求める。

与兵衛は寝転んでニヤニヤ見物していたが、とつぜんむっくり起きあがった。おどろくほどの乱暴さで稲荷法印を突き飛ばし、落間に落っことして、

「ええい、長々とめんどうくせぇなぁ！　どう山伏め、いなくなりやがれ！」

「なに！　山伏の法力を知らぬか、不良め。エイ、不動明王の鉄縛り！　なまくさまんだばさらだ！」

「ヘッ、そんな祈禱が効くもんか！」

「まんだばさらだー！」

「くそ、うるせぇったら！」

と取っ組み合いが始まる。

――駆けあがりんりん、鈴りんりん！　引きずりおろせばまた駆けあがるゥ。不動の真言どたくたぐわったりばったりだ！　引きずりおろされ山伏もォ、錫杖ががら命からがら、帰りけーりィー。


ようやく山伏が退散すると、河内屋には親子三人が残された。

与兵衛は真ん中に仁王立ちし、肩でハァハァと息をする。そして胸を張って大声で、

「オイ親父様、お勝のそぞろが耳に入ったか」

と嘯《うそぶ》いた。

「死人の魂を迷わせ、地獄に突き落としてまでも河内屋を乗っ取るとは言わせねぇ。与兵衛に女房を持たせて所帯を渡せぇ」

お勝を抱きよせて庇《かば》っていた徳兵衛が、与兵衛を睨みあげ、大声で、

「ヤイ！　やかましい！」

「……えっ、なっ？　やかましいだと？　なに？　はぁ？」

「そうとも。隣近所の目もあるというに、人目も憚《はばか》らずほたえあがるとはこの泥息子

めが！」

与兵衛が目を細め、怒りを抑えて、

「フン……。世間体、世間体と、おまえらはそればっかりだな」

「黙れいッ」

と徳兵衛が怒鳴る。

「乗っ取るとはなんじゃ。わしにはな、なにも先代の跡を取らいでも、新しい株を買い、己の油屋を持ち、五人や七人の所帯を構えてゆるり暮らせる術はあったのじゃ」

与兵衛はそっぽをむく。

「じゃが、世話になった先代を思ひ、年忌や命日を弔ひたいがため、魂を地獄へ落とさず、迷わせまいがため、こうして河内屋の名跡を継いだのじゃ。しかしこの苦労苦労の日々の果てにじゃ、いまおまえに遊女を身請けさせて女房にさすれば、おそらく……」

「なんでぇ」

「半年も経たぬうちに河内屋の身代を潰し、先代の弔いもできぬようになる。さすれば死人の魂は流離《さすら》うこととなる……」

「って親父さま、まさかおまえ、ほんとうに……」

と与兵衛がゆっくりと振りむく。

鼻に獣じみた縦皺《たてじわ》を寄せ、犬歯を剝《む》き出し、

「てめぇの娘のお勝に婿を取り、この河内屋をやっちまうつもりだな」

とつぶやきながら、一歩、一歩と寄ってくる。徳兵衛は勇気を振り絞って「オォ」とうなずくと、声を張りあげ、

「渡す！　ほんとうじゃ！　もうおまえの言うことは聞かん！」

「なんだとォ？　この道知らずが！　だいたいこの河内屋はな、代々、死んだ父上の家のもんだったろうが！　父上亡き後、その血を継いで生きてるのは兄貴と俺だけ。母上だって外からきた嫁。それをおまえは、兄貴に店を持たせて外に出し、俺も追いだし、己の血を継ぐ娘に跡を継がせ、最後は河内屋を乗っ取る気だろう！」

「よ、与兵衛、おまえは親になんてことを言う……」

と、徳兵衛は継子の暴言に意気消沈し、肩を落として床をみつめる。与兵衛は長い腕を伸ばし、継父を引き倒すと、肩骨、背骨をウンウン踏みつける。お勝がびっくりして「アァ悲しや、浅ましやお兄ちゃん」と飛びだしてくる。徳兵衛はあわてて起きあがり、「怪我《けが》する。お勝かまうな……、こやつの腹の虫がおさまるまでぞんぶんに踏ませィ……」と言う。さきほど上げた声とは比べようもなくもう弱々しい有様であ

る。

与兵衛は父娘の様子にますます目を血走らせ、「ふざけるな、この極道が！　不良番頭めが」と拳を振りあげる。「よく聞けよ。この家はなァ、俺の父親、俺、兄貴、河内屋の男どものモンだった。それがどうしてこんなことになるんだ！　こ、この世の関節が外れちまった……」継父の脳天に拳を見舞いながら、鬼神の如き顔で、「この家のもんはな。い、い、いまでもな。かまどの灰まで俺のもんだ！　他人には河内屋の金を一文だって残さねぇぞ！　わっ、わかったなこの外道！」

徳兵衛の押し殺した泣き声が切れ切れに聞こえる。与兵衛は肩をいからせ、ハァハァと息をしている。継父の着物の襟《えり》を摑んだ手の甲は血の気が失せ、紙のように真実真っ白けである。

と、倒れふす徳兵衛の横から、

「お兄ちゃんの、ばか……」

とお勝の泣き声も聴こえてきた。

両手を伸ばし、兄の柳腰を叩いたり長い腕を引っ張ったりし、

「あんまりひどいよ、お兄ちゃんー。父様がそんな計算高いお人じゃないことは、ずーっと一緒に暮らしてたからわかってるはず。お兄ちゃんは嘘つきだ。それに、それ

に今日だって……。このあたしはなんっにも知らなかった。ただお兄ちゃんに頼まれたから……。お兄ちゃんは言った。病で臥《ふ》せって、死霊も憑いたふりをして、兄の与兵衛に家を継がせろと言ってくれ、って。そしたら心を入れ替えて商いに精を出し、女遊びもやめ、父様のことも大切にしてくれるって、あんな真面目な顔をして、今までさんざん信じないと言ってた仏にまで誓ってくれたから。あたしもう嬉《うれ》しくって夢みたいで、家族みんなのためなんだと思って、恐ろしいお化けのふりまでした……。それなのに、父様にひどいことを言うし、踏んだり蹴ったり、話がぜんっぜんちがうー。だまされた！　あたしもうお兄ちゃんの言うことなんて聞かない！　お兄ちゃんなんて今日からきらい！　ほんとにほんとにきらいになった！　うわぁぁーん、お父さーん！　ごめんなさい、お父さーん、お父さーん！」

お勝の告白を聞きながら、肩を落として涙を流すだけの徳兵衛である。お勝はりんごのように赤い顔をしてひたすら泣きわめく。兄の与兵衛は、またユラユラユラユラと長身を左右に揺らし始めた。血の色に染まっていた顔は、こんどは青白く血の気が失せている。怒りを押し殺した妙に静かな声で、

「お勝よ」

「な、なによー」

「あれだけ口止めしたのに、よう喋《しゃべ》ったな。この腐れ女め」

「……えっ？」

与兵衛は二人から視線を外した。部屋の壁を突き抜けてはるか遠くの過去を見るような目つきをし、

「父上の死霊なんかより、此の与兵衛といふ生霊の苦しみ、覚えておけよ。なぁお勝」

と嘯く。

外からひゅうっといやな風が吹いてくる。お勝と徳兵衛の頬をなまぬるぅく撫《な》でていく。

与兵衛はとつぜん右足を上げ、とうとつにお勝のまんまるの尻を蹴って、おむすびのように転がした。

徳兵衛がはっとし、「病み疲れた妹を蹴るのかぇ。い、いい加減にせぇ」とふらつきながらも与兵衛に飛びついた。与兵衛は徳兵衛を見下ろし、抑えた声で「腹の虫がおさまるほど踏めと言ったな。それならこれでどうだ、お偉い親父様よ」と脚を振りあげ、頭を、腹を、尻を、危険なほどに蹴って蹴って蹴りまくる。「あああー。いやー。誰かァ！」と妹の身も世もない泣き声が響き渡る。

そこに帰ってきたのが母のお沢であった。

河内屋の前に立ち、与兵衛とよく似たゆぅらりゆらりとしたへんなカタチで内を見ていたが、足音もなくススッと入ってくると、片手に持っていた薬袋をエイと放り捨て、与兵衛の背後に忍び寄った。よく洗われた空の油樽を持ちあげて逆さに置き、その上にヒラリと飛び乗り、与兵衛の髷《まげ》を摑む。

ちなみに丁髷《ちょんまげ》のてっぺんを摑まれると抵抗できず、またおそらく頸椎《けいつい》に損傷を与える可能性もあるためでしょうか、お相撲《すもう》でも禁じ手とされております。

お沢は泥息子の髷を摑んで横投げに一気にドッと倒すと、樽から身軽に飛び降り、うつぶせにして膝《ひざ》で背中に乗りかかった。さすが武家の出、腕に覚えがあるのだろう。また兄の森右衛門と似た動きであるので、幼少のころ習った武芸かもしれぬ。

お沢は芝居のようなおおげさな仕草で目も鼻も避けず与兵衛を激しく殴りながらも、

「ヤイ、業晒しめ提婆《だいば》（人でなし）めが」

と腹の底から恐ろしい声を上げた。

徳兵衛もお勝もへなへなと座りこむ。与兵衛もたったいままでの威勢をどこへやら、腰を抜かしたように倒れている。

お沢は夫の徳兵衛のほうを気にしてちらちら見ながら、朗々とした話し方で、

「いかな下人下郎でも踏むの蹴るのはせぬこと。しかも徳兵衛様は誰じゃ。おのれが親じゃ。親を蹴るその脛《すね》が腐って落ちると知らぬか、この罰当たりめが。ああ、息子ながらおとましやおとましや」

と言い、また夫をちらっと見る。

与兵衛はすっかり縮こまり、母のお沢に顔を体を叩かれるままである。お沢は火を噴くばかりの目つきで続ける。

「腹の中から盲で生まれ、手足片端《かたわ》な者あれど、魂は人の魂だといふに。わしはお前の五体のどこも不足に生み付けておらんといふに。それなのに与兵衛、貴様一人、人間の心をなぜ持てぬ。父親が違ひしゆえ、息子に悪性根が入ったと、隣近所から言はれまいと、母は気遣ひの日々。じゃが、おまえのために何をしても、却《かへ》って病の種となるようじゃな。おまえの心の剣《つるぎ》のため母も寿命を削るわい」

「は、母上」

「おのれは先月こう言うたな。高槻の森右衛門さまがお主《しゅう》の金を盗みし、と」

「あ」

「なうなう。ようもこの母をぬけぬけと騙《だま》したな！　兄の犯した不祥事とて徳兵衛さ

まには黙っておったが……。たったいま、上の息子の太兵衛と行き会い本当の話を聞いた。与兵衛、おまえが野崎参りで暴れたせいで、森右衛門さまの武士の一分がたたなくなり、浪人すと、な。まったく話がちがうではないか」

与兵衛はふてくされて下を見ている。

「もしわしが嘘の盗み話を徳兵衛様にしておったら、わしと与兵衛が口裏を合わせての嘘かと疑われ、夫婦の義理も欠けたであろう」

「へん、また建前の話か」

「なにを！　まったく内でも外でもおのれの噂でもちきり。ろくなことは聞かぬ毎日じゃ。この因果晒しめ。もう半時も内に置くことはならぬ」

「いやァ」

「勘当じゃ出て失せう」

その声に与兵衛はようやくはっとし、起きあがった。

時刻はもう夕刻から夜になり、外も暗くなっている。息子に黙って背を向け、行燈《あんどん》に火を入れ始めるお沢に向かって、与兵衛は甘えるような震え声で、

「母上よ。俺ァ河内屋の与兵衛だ。跡取りの与兵衛だ。ここを出て、行けるとこなど

この世のどこにもありゃしねぇよ」

「おのれが好いた女郎《おやま》のところへ行けばよい」

とお沢はにべもない。はらはら見守っていた妹のお勝が、たまらず「母様、お兄ちゃんを追いださないで。お兄ちゃんも早く謝って」と口をはさむ。「あたしお兄ちゃんを追いだして婿を取るなんていや」と鼻をすすりだす。そんなお勝を横目で見て、母はますます恐ろしい顔をし、

「何も知らず。退いておれ」

「そんなァ、母様……」

「これ徳兵衛さま、きょろりと見ていて誰に遠慮。まさかこのわしにか。エエ歯痒《はがゆ》い。そんならわしがこの手で叩きだしてくれん」

とお沢はスススッと音もなく歩いた。さきほど与兵衛が床に放りだし、徳兵衛が拾って片づけた天秤棒を摑み、右手を振りあげる。

与兵衛はハッとし、素早く横に飛びのいて、お沢の手から天秤棒をひったくった。後ろに回ると、「この棒で和御寮（あなた）を打つ！」と、よりにもよって母の背中を一つ打つ。すると徳兵衛が叫び声を上げて与兵衛に飛びかかり、天秤棒を奪い取る。「こら与兵衛。お腹を痛めて産んでくれた母親におまえはなんてことをする」と、こ

れまでの鬱憤《うつぷん》とばかり続けざまに七つも八つも与兵衛の背中やお尻を叩きまくる。

「オォ与兵衛よ。なんたることじゃ。木を削ったり土をこねたりして作られた人形、そう、譬《たと》えるなら浄瑠璃人形でさえ、魂を入れれば心が生まれ、人と同じく、泣き、笑い、思慕や望郷の念を得て生きるものじゃ」

と、泣いたり、怒ったり、笑ったりしてみせる。

「その人形さえ持つ心の耳が、おまえのような腐れ外道にはないのだろうか……」

肩を落としてうなだれ、

「もしも魂あるのなら、この徳兵衛の言葉をよっく聞けい」

と天秤棒を杖代わりにもたれて続ける。

「わしはおまえの父ながら、もとは大事な主人の子との思いから、さきほども手向かいせずお前の足に存分に踏まれた。じゃがおまえが己を産んだ母親までも叩く姿を見たら、もったいのうて身が震え、黙ってはおられぬ。いまおまえを棒で叩いたのはわしではない、先代の徳兵衛様が冥土から手を伸ばしてこらしめたのじゃぞ」

与兵衛は落間に尻餅《しりもち》をついたままふてくされているが、継父が続けて、

「だいたい、お勝に婿を取るなど、嘘に決まっておるのに、なぜそう暴れる？」

と言うと、ぎょっとして相手の顔を、そして母のお沢の顔をおどろいて見上げた。

「嘘だと？」とつぶやく。

継父は涙ながらにうなずき、

「エエ無念な。妹に店を継がれるとはと、おまえが恥ずかしがり、根性を入れ替えるじゃろうと思案し、わしとお沢で口裏を合わせたまでのこと。お勝のことはどこぞ外の家に嫁にやるに決まっておろう」

与兵衛は「嘘……？」と不思議そうに継父を眺めている。

「お沢と所帯を持った折、他人どうしが親子となるとは、よくよく深い前世からの縁があるのじゃろうと、太兵衛と与兵衛に実子以上の可愛さを感じたもの。ナァナァ、覚えておるか与兵衛よ。おまえが八歳の折、疱瘡《ほうそう》にかかり死にかけたことがあった。わしは先祖代々の浄土宗を捨てて日蓮宗に改宗し、京都の日親堂《にっしんどう》まで願掛けの旅をした。帰ってきておまえの熱が下がっているのを見たとき、わしはほんに……。ちいさかったおまえを抱きしめ、息子よ息子と大声で泣いたものじゃ」

お沢もうなずき、涙をぬぐう。

「わしはな与兵衛、おまえを一人前の油屋にしたいと、丁稚《でっち》も使わず、自ら天秤棒を担いで行商した。じゃが、そうして稼いでも稼いでもおまえが湯水の如く金を使うてしまう毎日でな。わしには解せぬ。若い盛りに働き稼ぎ、五間口、いや七間口の門柱の立派な店にせんと心願を立ててこその商人魂《あきんど》であろうに。わしもそうしてこの齢まで生きてきたのに。先代は立派な商人であり、兄の太兵衛もそうであるのに。おまえだけが、たった一間半の門柱のこの店で暴れ、銭を無駄遣いし、わしを踏み、さらに母や妹にまで手を上げて……」

　徳兵衛はまた肩を落としてしょんぼりし、

「そのうえ、行く先々での偽りや騙《かた》り事《ごと》。与兵衛よ、おまえのその悪根性はいったいこの世のどこからこの家にきたものか。おまえのようなものはいまに門柱どころか獄門柱の主になるであろう」

「へっ、親父さま。言うにことかき獄門柱ときたか。後ろ手に縛られて首をコロリと落とされるってか。フン！」

「まだそのようなことを……」

　と継父が両手で顔を覆った。

　と、母のお沢が立ちあがり、「もどかしや徳兵衛さま。こいつは口で言うても聞かぬやつ。石に向かって語るのと変わらぬ」と吐き捨てる。

　与兵衛をキッと睨みあげ、

「出て失せ、与兵衛！」

「へぇっ？」

「出ていかぬなら町年寄を呼ぶ！」

「え、え、えっ。町年寄ッ……」

与兵衛が急に浮き足立った。

町年寄は町民の代表によって運営される、警察や裁判所と町人の仲立ちをする組織である。

与兵衛はおどろいて縮こまり、上目遣いに壁や天井、ついで母の顔を窺《うかが》う。

床に転がる天秤棒をお沢が右手で拾い、その先を与兵衛の顔に向ける。母が一歩、一歩と進むごと、与兵衛が後ろに下がる。

一歩。一歩。また一歩……。

そして河内屋から出ていきそうになる。

妹のお勝が飛びだして、「お、お兄ちゃん……」と追いかける。「きらいなんて言ってごめん。行かないで……」その襟をお沢が左手でむんずと摑んで止める。厳しい声でもう一度繰り返す。

「さっさと出て失せろ。勘当じゃ」

「けど、行くとこなんてどこにも……。お、俺ァ、この河内屋の大事な跡取りの倅《せがれ》だろうが……」

「エェイ。まだ棒を喰《く》らい足りないか」

お沢が天秤棒を振りあげる。

そのお沢の顔つきの恐ろしさ。目からは憤怒《ふんぬ》の熱い涙。乱暴に小突きだされ、夜の帳《とばり》の降りた表へと、河内屋の外の世界へと、与兵衛は背中からついに一歩を踏みだした。その与兵衛の目尻にも涙が浮かびだす。妹のお勝は店の出口に膝をつき、「おにい……」と声を押し殺してしゃくりあげる。与兵衛が震えて、

「は、母上……。母ちゃんよぅ……」

お沢がますます声を張りあげ、

「で、出て……失せぇ……ッ！」

とつぶやく。

――越ゆる敷居の細溝も、親子別れの涙川。

与兵衛のほっそりした後ろ姿が本天満町の路地を遠ざかっていった。お沢は敷居を半分またいだまま、お勝は手前の落間にしゃがんで見送っていたが、奥から徳兵衛が、叩かれて痛めた腰に手を当ててふらふら出てきて、路地の闇へと目を凝らし、そのま

ま四歩、五歩……六歩……と後を追ったものの、心の力が尽きて足を止め、ちいさな声で、

「与兵衛よ、与兵衛……」

とつぶやいた。

「ちいさかった、わしのかわいい、ぼんよ、ぼん……」

手のひらを合わせてもみあわせ、涙を流して、

「成人するに及び、顔つきも背恰好も先代とそっくりになってきたものじゃ……。あぁ！　あの辻に立ち、一度振りむいたいまのあの姿！　まるで、ちいさかったぼんでなく、先代の徳兵衛さまをこの河内屋から追いだしてしまったようじゃ。あぁ、どうしてこうなったのじゃ……。与兵衛、与兵衛よ……。すまぬな与兵衛……。旦那《だんな》さま、わしは……至らぬ手代に、ござった……」

闇の奥で不気味な青い火が光って消える如く、与兵衛の細い背中はユラユラユラユラ揺れてみせ、辻を曲がってふと消えた。

下の巻

豊島屋《てしまや》の場

――葺《ふ》き慣れしー、年もひさしの、蓬菖蒲《よもぎしょうぶ》は家ごとにー。幟《のぼり》の音のざわめくは、男《おの》子児《こご》持ちの印かやァー。

さて時は五月四日。夜の帳《とばり》も降りるころ。

男の子の祝日である節句を明日に控え、大阪本天満町《もとてんままち》に連なる商家の軒先には色鮮やかな鯉幟《こいのぼり》が景気よくハタハタはためいている。庇《ひさし》からは邪気を払うという言い伝えの薬草、蓬と菖蒲がたっぷりぶらさがっている。夜風が吹くたび鯉幟が音を立て、薬草もかぐわしい香気で誘う。

とはいえ、河内屋《かわちや》の向かいの豊島屋は娘ばかりの家であるから、表になにも飾られていない。さらに決算を控えて忙しい日でもあり、旦那《だんな》の七左衛門《しちざえもん》も商用にて留守である。

五月四日と五日は、男の子はお祝いで出かけ、商人も仕事で家を留守にするため、〝女の家〟という別名でも呼ばれている。いまこのときの豊島屋はその文字通り、お吉《きち》と幼い娘三人の女所帯と相成っていた。

さてその豊島屋の内では、

「アァ忙し！　マァ忙し！　ハァ節句ゥ！」

とお吉が、まるで一人で鼓《つづみ》を打ったり舞ったり笛を吹くかのようなせわしさで右に左に立ち働いている。

河内屋よりもちょいとおおきな二間半の油小売店。壁際には遣いこまれた油樽《あぶらだる》がたくさん積まれ、上《あ》がり框《がまち》は帳簿やら娘たちの玩具《おもちゃ》やら何やらで割と散らかっている。そのぶん活気があり、いかにも幸せそうな店の内。

お吉がふと足を止めた。「娘らの世話もせんとな」とつぶやき、「お蓮《はす》、お清《きよ》、お伝《でん》よ」と三人娘を呼びよせる。「あいあい」「あい」「……」お吉は鏡台の前に腰かけ、つげの櫛《くし》を手に取る。

香りのよい梅花油をすりこんで、

「女はやー、髪より形よりー、心の垢《あか》を梳櫛《すきぐし》やー」

と首を振り振り歌いながら、上娘と中娘の黒髪を梳いてやる。娘たちは大はしゃぎし、「女はやー」「やー」と一緒に歌う。

お吉は調子が出て、女庭訓《おんなていきん》まで口ずさみ、

「女というものはなぁ、嫁入り先は夫の家、里の住家も親の家。こうして覗《のぞ》き見る鏡の中以外に家らしきものを持たぬわいなァ。そして五月四日の今夜はな、女の家と言うて……えーっと続きはなんやっけ……。忘れた……。って、アラいやだ」

櫛の歯が一枚折れ、コロッと落ちる。お吉は「もうー、買ったばかりの櫛が」と膨れ、つい床に投げる。それからはっと拾った。天井を見上げ、

「なんぞの告《つ》げのお櫛かや?」

とつぶやく。

ご存じかも知れませんが、日本では古来より〝櫛を投げるのは不吉の印〟と忌むこととされております。イザナギが死んだ妻イザナミを迎えに黄泉《よみ》の国に行ったとき、腐って蛆《うじ》の湧いた妻の姿を見て百年の恋も冷め、櫛を投げて逃げ帰った神話から、〝櫛を投げると家族との縁が切れる〟という言い伝えが生まれたらしく。

そのとき表からサッサッサッと早足の足音がして、夫の七左衛門が帰ってきた。ほら、あの、兄というには年上だが父というには若く見える、ちょいと年上の旦那様である。

お吉は櫛の件をコロリと忘れ、笑顔でトトッと迎え出て、

「マァ貴方《あなた》、思いのほか早いお帰りですなァ」

「うむ。売掛金十のうち七はぶじ取り立てたぞな」

「それは御苦労様ですこと。ほれ、御留守の間にわしも内の払いをすべて済ませました」

七左衛門がほぅと感心する。お吉は胸を張り、

「売りのほうもな、両替町《りょうがえまち》の銭屋《ぜにや》さんが灯火油を二升、梅花香油を一合買っていかれ、今橋《いまばし》の紙屋《かみや》さんがツケで灯火油を一升。どちらも帳簿につけておきました」

「うむ御苦労」

「マァ、貴方も大変でしたなァ。さぁさぁ足を洗うてようくお休みなされ。明日も早うから節句のお礼参りでお忙しいはず」

と足洗いの水を汲もうとするのを、七左衛門が「いや、そうもいかぬ」と呼び止めた。

「じつはこれから天満の池田町にも行かねばならぬからな」

「まぁー、いまから北の果ての池田町まで」

とお吉がびっくりして振りむく。

この時代、町中の油小売店は郊外の搾油《さくゆ》工場と取り引きをしていました。火事での延焼を恐れ、町中には作られなかったからです。池田町の搾油工場もここから歩くとけっこうな距離。

お吉は夫を案じて「あとは明日にしなすったら」と言ってみたものの、たちまち「こりゃ。商人《あきんど》の妻なのになにを言うか」と叱《しか》られる。

「節句の明六つまでもどってこなんだ金が、過ぎてから払われた試しはない。商人ならみな知っておる道理じゃ」

明六つとは翌日の夜明けのこと。このころの支払期日は当日の夜零時ではなく、翌朝の日の出まででありました。

「池田町とは日暮れに払うと言葉を交したゆえ、ちと一走り行って来る」

「ハァ。お気をつけてな、おまえさま……」

「わかっておるわかっておる。お吉、心配すな」

七左衛門は重たい財布をズサッと板の間に置き、

「今日集金した分じゃ。新銀五百八十目、そこの棚に入れておけよ」

お吉がうなずいて大事そうに戸棚にしまう。

「それとなお吉、集金先で、ホレこの粽《ちまき》をもろうたが」

「あら、おいしそう。じゃが粽は男子のお祝いの品、うちは女子ばかり。おまえさまが北への道中で食べなされや」

「フム、そうするか」

「そんなら出かける前に酒一つでも。お蓮、燗《かん》してあげなされや」

とお吉が酒の徳利《とつくり》を持ってもどってくる。上娘のお蓮が「あーい」と受け取り、銚子に移して温めようとする。

「こりゃ、わざわざ温めんでもええ。盃《さかずき》もいらぬぞ」

七左衛門は気がせくあまり早口で止め、「これに注ぎや」と椀《わん》を差しだした。お蓮は「あいあい」と大人のようにうなずく。立ちあがって背伸びし、とぽとぽと酒を注ぐ。

七左衛門が立ったままグイッと酒を飲み干した。疲れたようにおおきく息を、

「ふぅぅー……」

そこで振りむいたお吉が「アラいやだ。おまえさまったらなにをなさる!」と叫んだ。七左衛門がびっくりして「は。なんじゃ」と女房を見る。

「立酒は葬式で出棺のときにやることですがな。子供にはわからぬことじゃが。誰を墓場に野辺送りするおつもりやらー。もうー」

さきほどの櫛の件も思いだし、顔を曇《くも》らせる。七左衛門は気遣って知恵を絞り、

「墓ではなく、集金が捗《はかど》るほうの墓行《はかい》きじゃわいな。そう気にするな。お吉よ」

「アラ、お前様も面白いことを言いますなァ」

とお吉が笑いだす。七左衛門は恋女房の機嫌が直ったことに安堵《あんど》し、これが今生の別れとは知らぬので、「ではすぐ戻るぞ」と、見納めとなるお吉の顔をろくに眺めもせずあわてて出ていった。

こうして豊島屋は再び女の家と相成った。

上娘のお蓮が「茣蓙《ござ》よォ、枕《まくら》よォ、蚊帳《かや》よォ」と歌い、てきぱきと布団を敷く。蚊帳の用意もしようとするが、背伸びしても釣手に届かない。お吉が夫の真似して軽口を叩《たた》きながら手伝ってやる。

上娘は末娘を寝かせ、中娘も蚊帳に入れる。くるりと振りむき、大人そのものの口調で「母様《かかさま》もちとお休みせな」と言う。「オォでかしたな。お蓮ももう一人前やなァ。女はやー、髪より形よりー……」と頭を撫《な》でてやる。「あいあい一人前でござる」「父さまもまだ遅かろう。お前ももうお休みや」「いいえ私は眠とうござら、ぬ……」と上娘が首を振りつつ、ガクンと強くうつむき、おどろくほどとつぜん舟を漕《こ》ぎだした。お吉が笑いながら抱きあげ、蚊帳に入れてやる。

出てくると、また帳簿を片付けたりと忙しげに働きだした。

その豊島屋の外に、若い男が立っている。夜風に着物の裾《すそ》が不気味に揺れ、痩《や》せた長身が軽げにユラユラユラユラしている。

向かいの野良息子、河内屋与兵衛《よへえ》である。

今年は節句を越すに越されぬ勘当の身。男子が節句に着る習わしのお洒落《しゃれ》な絹や麻の帷子《かたびら》もなく、季節外れの分厚い古袷《ふるあわせ》を身に着けて。空の油桶を二升両手にぶらさげているのに、腰には物騒な脇差《わきざし》を差し。いったい季節もいつなのか、だいたい、商家なのか武家なのかさえわからぬおかしな恰好。もうなにもかもやりくりつかぬのに途方に暮れ、不気味な生霊の如く突っ立っているばかり。

こそっと覗いたり、すぐ首をひっこめたり。

やがて小声でブツブツと、

「豊島屋か。子供のころよく遊びにきたもんだがな。ぽんぽこと子を産む前はよぅ遊んでくれたな……」

と頬を歪《ゆが》めてひとりごちる。あれこれ思いだし、のんきに鼻歌交じりになったところを、

「オイ、与兵衛」

背後から、背中をカサコソ虫がよじ登るようないやぁな声をかけられた。

へっと振りむくと、鼠《ねずみ》みたいな顔をした三十がらみの小男が忍び寄ってきていた。

これは金貸しや雇い人の斡旋《あっせん》を業《なりわい》とする男、上町《うえまち》の綿屋《わたや》小兵衛《こへえ》である。

「こなたはどういふつもりか。本天満町に行けば、母御からあんな放蕩息子は追ひだしたと言われる。順慶町《じゅんけいまち》を訪ねれば、ここにも居らぬと兄御から追ひ返される」

与兵衛が「あ、いやそれは」と目をヒラヒラ泳がせる。

「どこにもおらんでもな、貴様がこの証文に押した判は、親父の河内屋徳兵衛《とくべえ》のものにまちがいない」

と綿屋小兵衛が懐から証文を取りだし、拡げる。

「新銀一貫目、さあ返せェ！」

「い、一貫だとォ！」

与兵衛がわめく。空の油桶が、虚しい割におおきな音を立てる。

豊島屋の内から「オヤ誰ぞおるのか」とお吉が聞く。与兵衛はあわて、とっさに「にゃー……」とへたな猫の鳴き真似をした。綿屋小兵衛も「にゃあ」と続ける。内からお吉の「なんじゃ猫かいな」という声がする。

与兵衛は油桶を置くと、腰の脇差にスッと手を当てた。脅すように切羽《せっぱ》をカチャカチャ言わせ、

「汚ぇぞ。証文には一貫（約千目）とあるが、借りたのは二百目だろうが」

「そりゃ明六つまでに返しゃ二百目で済むわいな。じゃが夜が明ければ利子が付き、約五倍の一貫となる約束。証文にもそう書いてあらぁな」

「糞《くそ》ッ！　あ、いかん。にゃー……」

「にゃあ。……こちらとて一貫にして取れば得じゃがな。貴様の親父《おやじ》に非業の金を出させるのも心苦しく、ぎりぎりまで待ってやっておる。与兵衛よ、きっときっと今宵の明六つまでに返しやや」

与兵衛がそっぽを向くのに、厭《いや》らしく忍びより、

「ところで証文に押した親父の判、よもや偽判ではなかろうなぁ？」

「ま、まさか。そ、そ、そんなこたぁ、な、なな……」

「偽判は獄門首の重罪。明六つまでに返さねば貴様を町役人に突きだすぞえ！」

「この野郎、町役人だと！」

と与兵衛は肩をいからせて、

「しっつけぇなぁ！　わかってる！　この河内屋与兵衛は男だ。男の中の男だ。金の

当ての一つや二つあらぁ。夜明けに鶏が鳴くまでにキッカリ二百目持っていく。眠くともせいぜい起きて待ってろよ！」

「ははは。今宵金を返し、また入用となればいくらでも貸すわいな。こっちも商売。一貫も二貫も貸さいでか。さて河内屋与兵衛。男の中の男の与兵衛とやら。その男気、しかと……」

濃紫にも見える路地の薄暗闇《うすくらやみ》に綿屋小兵衛の半身がぼーっと浮かびあがる。与兵衛の目を見据え、瞬きもせずやけに長いあいだ黙ってから、

「見届けたァ」

どこかで三味線が……テ、テン……と啼《な》いたような間が、悲しく流れた。

途端に与兵衛は飛びあがって、

「オ、オゥ。返すとも！　そう言ったろう！」

与兵衛の若く細い首を真綿で絞めるようないやな笑い声を立て、綿屋小兵衛は小走りで闇の奥へ消えていく。

つい意地になって言い切ったものの、一銭のあてもあるはずない与兵衛である。

「オイ参ったな」と豊島屋の前を右に左にせかせか歩きだしながら、

「なにしろ親父様の判での借金だ。一夜過ぎりゃ親父の難儀。さりとて偽判とばれり

ゃあ俺《おれ》の難儀と……」

と首を振り、

「まったくどうして俺ばかりこんな目に遭う。抜き差しならぬこの二百目！」

与兵衛は足を止める。

過去の如き薄紫の闇を振りかえり、

「だが、俺ァ知ってんだ。金なんてぇのはあるところにはザクザクあるはずだって、な」

と闇の奥のなにかに話しかける。次第に悪の目つきとなって、夜空をグイと睨《にら》みあげる。

なにかよからぬことを考えている。

なんであろうか。

ふと思案をやめ、熱心に地面を見だす。「世界は広し」と暗闇を熱心に探しながら、

「にゃー」とつぶやき、やけのやんぱちで、

「二百目、つまりは一万八千文ばかり。にゃー……。誰ぞこのへんに落っことしてくれねぇか、なんてな。あるわけねぇにゃー……」

と今度は子供みたいに途方に暮れる。

「おっと！」

足音に気づいて振りむき、目を剝《む》く。

〈河〉という文字の書かれた提灯《ちょうちん》が揺れながら近づいてくる。提灯を手に誰かが歩いてくるのだ。与兵衛は「あれは親父様。南無三宝！」と豊島屋の軒先に平蜘蛛《ひらぐも》のようにまぬけにくっつき隠れた。

河内屋徳兵衛は〈河〉の提灯を揺らし、腰を曲げてうつむいて歩き過ぎていく。薄紫の闇の奥から与兵衛がつめたくジッと見ている目前で、豊島屋の潜戸《くぐりど》を開ける。腰をかがめて上目遣いに覗きこみ、「お吉さん、いらっしゃるか」としょげきった声をかけた。


豊島屋の外壁に張りつくような姿勢で耳を澄ます与兵衛。耳をくっつけた潜戸の穴越しに聞こえてくるのは、懐かしいお吉の、「これはこれは徳兵衛さまか」という、昔から変わることなく陰のない、のびのび明るい声である。

ブーンと蚊が飛んでくるので、与兵衛はぴしゃりと頰を打ってとらえる。「親父様。こんな時間にお向かいになんの用ぞな」とまた聞き耳を立てる。「まさかあの入れ子鉢に年甲斐《としがい》もなく懸想《けそう》かえ」と首を捻《ひね》る。

内ではお吉がわぁわぁとなにか言っている。

「うちの人はまだ帰らず。ついさきほど北の果てまで集金に行きしゃんして」

与兵衛が「じゃ、帰りは遅ぇのか……」とつぶやく。お吉が続けて、

「まぁお座りなされ。節句前の仕事に取り紛れ、お向かいだというのに河内屋さんにお見舞いにもいかず、まこと失礼いたしました。ここ数日は与兵衛さんのことで気苦労なされたことでしょう」

徳兵衛が沈みきった口調で答える。

「さればされば。お吉さん、こなたは幼い娘御を三人も抱えてらっしゃる。一方わしはとっくに成人した野良息子一人の世話。さてどちらが大変かのぅ」

「まずはお座りなされ。まぁまぁ徳兵衛さま」

お吉はしきりに座布団を勧めているようである。徳兵衛は「かたじけない。はぁよっこいしょ」と腰かける。

また蚊がブーンと飛んでくる。与兵衛は無言で頬を叩く。

徳兵衛のため息交じりの声が聞こえてくる。

「まこと親の道とは気苦労の連続ですなァ。子の面倒で苦労するのは親の役目とは申せども。同じ屋根の下におるうちはまだ気が楽でしたがな……」

「なんでも一昨日、ついに与兵衛さんを勘当なさったとか。うちの人がお沢《さわ》さまからよう聞きましたがな」

「そう。お沢が天秤棒《てんびんぼう》であやつを追いだしましてな」

「天秤棒で！　さすがはお沢さまじゃな」

とお吉は妙なところで感心しだす。

徳兵衛が立ちあがってうろうろしだす足音がする。

「わしはのぅ、あんな無法者を勘当すれば、自棄《やけ》を起こしてたちまち金の火だるまになるじゃろうと心配でならぬのじゃ。偽判でも使うて、一貫の金に十貫の利子をつけるいんちき手形にぎゅうぎゅうと捺《お》し、縄がかかったらどないしよ。そう思うただけで恐ろしうてかなわぬ」

「まさか、いくらなんでもそこまでのこと」

「しかしまさかということをするのがあの野良息子。偽判は重罪でござるしの」

与兵衛は軒先で黙って聞いている。徳兵衛が「獄門首の」と言うと、すっと顔色が悪くなる。

お吉は「あいあい」と相槌《あいづち》を打つ。

「とはいえお吉さん。産みの母が追いだすのを継父が止めることもできず。人に聞きますと、与兵衛は順慶町の兄太兵衛《たへえ》の店に身を寄せておるらしいのじゃ。太兵衛のほうはほんにようできた息子、任せておけば心配ない。しかしのぅ」

と徳兵衛の声はどんどんちいさくなり、

「じつはお願いがござる。あやつは子供のころから、お吉さんお吉さんとこなたに懐《なつ》いておりましたな。意地になって帰ってこずとも、豊島屋さんには顔を出すかもしれんと思い」

「ほんに。わしもそろそろ与兵衛さんがくるころやと思うておりましたがな」

「もしもあやつがきたら、ぜひとも伝えてくださりませ。父の徳兵衛は万事合点しておる、河内屋にもどって母お沢に重々詫《わ》びを入れ、勘当を解いてもらえ、と」

「あい承りました」

「なにしろあの子には言わにゃわからぬ。口にせなんだことを察する、ということの一切できぬ損な性分ゆえ……」

表で聞く与兵衛は、もう蚊は飛んでおらぬのになぜかぴしゃりと片頬を叩く。

「うちの女房は武家の出。一門は皆侍。兄の山本森右衛門《やまもともりえもん》さまもじゃが、義理堅く、名を重んじ、一度決めたことは覆さぬ性質」

お吉も「ほんに、お沢さんは昔からそうじゃなぁ」と相槌を打つ。どこか楽しげなのは、そんなお沢の性分を好いているのであろう。

「一方、亡くなった先代はまこと商人の鑑《かがみ》。義理も情けも知るお方。わしは親をなくして河内屋の丁稚《でっち》となり、右も左もわからぬころから世話になり申した。感謝の念しかありませぬ。先代の残した二人息子に尽くすは、亡くなられてからも御奉公を続けたいがため、ただその一念じゃ」

お吉が「マァそうでしたか」とズッと鼻をすする。早くももらい泣きしだしたようである。

「しかし！　与兵衛は父にも母にも似ぬ恐ろしき道楽者となり果て！」

「ほんになぁ！　けしからぬ不良《のら》息子じゃ！　わしからも言うてやらにゃな！　与兵衛め、はよこんかいな！」

とお吉の語気が急に荒くなる。

「お吉さん、わしは先代から一度たりとも荒い言葉をかけられたことがない。それなのにいまとなって、お前はよぅも息子を叩きだしたなと、草葉の陰からいまさら怨讐《おんしゅう》を受けるようで。恐ろしうて。あれ以来一睡もできぬ。至らぬ手代のこの心、どうぞ御察しくだされや……」

お吉が「あいあい」とまたズーッと鼻をすする。

物音からして、徳兵衛が煙草を吸いだしたらしい。咳《せ》きこみだす。苦しげにいつまでも咳をしている。お吉が背中を叩いてやりながら、

「ほんに徳兵衛さま、顔色も悪ぅなられた。もう見てはいられませせぬ。うちの人もおっつけ帰ってきます。よぅ相談しなされ。な？」

「いやいや、節句を控えてのお忙しい折。夜も遅い。お吉さんとお話しできてすこし気が楽になり申した。これ以上は遠慮いたしまするが、これ、この」

豊島屋の内から、ちゃりん、と音がする。

「金」

ちゃりん。

与兵衛ははっと耳を澄ますものの、お吉の、

「オヤ、三百文も！」

という声に、「三百文か。まるで足りねぇ……。借りた二百目の、えぇと、六十か七十分か……八十分の一……」と吐息をついた。またピシャッと頰を叩き、「俺ァ、千日柱で獄門首、獄門首……」とつぶやく。

「じつはお沢の目を盗んで持ちだしました。あの野良が顔を出したら、七左様からの心付けとして渡して下さりませ。おっつけ暑くなるゆえ、褌《ふんどし》でも買うてさっぱりせぇ

と」

「マァマァほんに徳兵衛さんは……ズッズッ！」

「おっと！」

と与兵衛が叫び、潜戸の穴から耳を離した。

〈河〉の字が黒々とした提灯がもう一つ近づいてくる。「こんどは……。南無三宝！」

と闇に隠れる与兵衛には気づかず、提灯を持った人物が目の前を通り過ぎていく。

河内屋の女房、お沢である。

横顔には硬い表情が浮かび、唇も真一文字に引き結んでいる。背を屈めてはいる潜戸ではなく、後ろのおおきな門口のほうに立つ。胸を張り、「なうなう、七左衛門さまはいらっしゃるか」と問う声も朗々と響かせるお沢であった。


こちらは豊島屋の内。

お吉の顔がぱっと明るくなる。落間に降りて「お沢さんか。どうぞお入り下され」

とうれしげに出迎える。

「生憎《あいにく》うちの人は集金に出かけて留守、わしではお沢さんの話相手には不足と存じまするが、ごゆるりごゆるり。そうそう、いましがた聞きましたがな。女だてらに天秤棒で与兵衛めを……」

　と、転がっていた天秤棒を拾いながらわぁわぁ話すお吉とすれ違いに、徳兵衛が「まずいぞまずい。お吉さん御免なれ」と急ぎ板間に上がっていく。お吉がへっと振りむくと、徳兵衛は大あわてで油樽の陰に隠れたところであった。

「徳兵衛さま、オヤどうなされた?」

　ときょとんとする。

　天秤棒を片手に、こんどは表を見る。

　お沢のほうは門口から顔の左半分だけを覗かせ、左目の眼光鋭く内を睨んでいる。

　二人の真ん中でお吉が「はて」と首をかしげる。

「なうなう、徳兵衛さま。我が女房に隠るるとは何事」

　お吉も一緒に「ほんまですな。徳兵衛さまはなにを……」と言いかけ、上がり框に置きっぱなしの三百文の金に気づいて「あー!」と合点する。

「聞けば七左衛門さまもお留守の折。節句も控えておりながら、内の仕事もそこそこに、いつでも会うことのできるお向かいに一体何の用か。いまさら悪性の虫が騒ぎ、浮気する齢《とし》でもなし。お前さま、さては与兵衛の野良めのことで、またおきっちゃんに愚痴を聞いてもらいにきたのであろう」

つっ、とお沢が豊島屋の内に入る。

観念した徳兵衛が「ハァお察しの通りじゃ、お沢」と樽の陰から膝歩《ひざある》きでよろよろ這《は》い出てくる。お吉は天秤棒を握ったまま、横歩きして尻で三百文を隠そうとする。

「徳兵衛さまよ。いかに義理ある継子とて、こなたはあまりにも義理に縛られ過ぎておる。実の母がこの手で追いだしたのじゃから、与兵衛勘当の件はこなたの悪評とはならぬはず。安心なされや。なぁ、おきっちゃんもそう思わぬか」

お吉は飛びあがり、「あいあい、お沢さんのおっしゃる通りじゃ」とうなずく。天秤棒をお沢に渡すと、お沢はグイッと摑《つか》んで力強く回してみせる。お吉はわぁと目を輝かせたものの、棒の先っちょで三百文を差され、しまったと首を縮める。

「この三百文。もしや野良息子にやるおつもりかえ？」

「あ、ああ……。す、すまぬお沢……。しかし与兵衛のやつめが心配で、つい……」

「身を粉にして働き。ほしいものも買わず倹約し。ちょろちょろ貯めた金をあいつにやるは、淵《ふち》に投げ捨てるのも同然。徳兵衛さま、あやつのことを思いやるのはもうやめなされ。言うておくがな、この母はそうではないぞ。勘当と一度口にすれば生涯それ限りじゃ」

と天秤棒をくるくる回してみせる。芝居に登場する侍のような姿である。

「こなたは義理に曇って目が見えぬのじゃ。あやつは所詮《しょせん》、己のしたいまま生きておるだけの泥人形。したいままとはな、自ら紙の服を着て川に入りこんで裸になること。油をかぶってから火の中に進んで丸焦げになること。それなのにこなたは我儘《わがまま》与兵衛一人に気を取られ、女房と娘がどうなってもよいのか。サァ、先に帰らっしゃれ」

徳兵衛がうなずき、膝歩きで近づいてくる。

お沢がお吉の耳元で「なぁおきっちゃん、じつはの……」と女どうしの内緒話をしだす。だが徳兵衛が落間に片足落としたところで動きを止め、「いやいや、そうではない！」と言いだしたので、囁《ささや》くのをやめて振りかえる。

「人の性質に生まれつきはない。わしも河内屋で働きながらいまのこの徳兵衛となった。悪い星のせいではなかろう」

「フム」

「じゃあなんのせいというのか。それがわしにはとんとわからぬ」

徳兵衛は落間に両足を下ろし、うなだれつつ、

「人の親とはいったいなんであろうなぁ。子ができたから親、というわけではなかったわいな。子が一人前となって初めて、親もようよう親となれる。親も初めは人の子。子は親の慈悲でおおきうなり、親も子の孝によって立つものじゃ」

お吉がうなずき、「あいあい。うちは娘三人幼い。これからのことじゃのう」と相槌を打つ。

「この徳兵衛はな、今生で果報は少なかった。身を粉にして働いたものの、人を使う身分の商人とはなれず。じゃが今にして思うのは、お沢とお勝《かち》、太兵衛と与兵衛の四人が、何にも代えがたき宝ということ」

お吉がまた「よぅよぅわかります」とうなずく。

「いつかわしが相果てし時には、他人百人集まる豪勢な野辺送りよりも、兄弟の男子《おのこご》に棺の前と後ろを担いでもらい、徳兵衛あっぱれ死光《しにびかり》を夢見ていたのに……」

お吉がはっとし、あわてて「なにも死んだときの話をいませんでも。こな様はまだそんなお齢ではないぞな」と言う。

「お沢よ、おまえは与兵衛を勘当したがのぅ。わしは縁なき人に棺を担がれる葬礼ではあまりに無念じゃ。どこぞで行き倒れとなり、こうして逆さに引きずられていくほうがましじゃわい」

とつぶやくと、徳兵衛はなんと落間にコロンと寝転がった。お吉も「あら、マァ！」と見下ろすばかりである。

お沢が恐ろしい顔つきをして、

「えぇい、こなたの子は与兵衛ばかりではない。野辺送りのときは太兵衛とお勝が棺をシッカリ担ぐわいな。幸いお勝は女ながらわしに似て力持ち。サアサア早う先へ！」

とまたもや徳兵衛を帰そうとしつつ、小声で「おきっちゃん。あのなぁ」とまた内緒声で囁く。さすがにお吉も「おや、わしになんぞ話があるようじゃ」と気づき、小股《こ》《また》で近寄る。

徳兵衛が涙を拭《ふ》きながら立ちあがって歩きだす。表に出ようとするが、お沢がついてこぬので「お沢も出でや。一緒に帰ろ」と声をかけた。

そのとき、お沢の懐からなにかがコロリと落っこちた。途端になぜかあわてふためき、天秤棒まで取り落とす。ガランガランとおおきな音が響く。

お吉がしゃがみ、ちいさな落し物を拾った。素《す》っ頓狂《とんきょう》な声で、

「あら、粽？」

徳兵衛が「なに粽？　粽？」と聞きかえす。「ええ、男子の祝いの粽ですがな」その声にますますあわてるお沢である。

と、懐からもう一つなにかがズサッと落ちる。

お吉がまた拾い、

「こっちはお金？　マァマァ五百文も！」

徳兵衛が小股でもどってくる。お吉が右手に粽、左手に銭を持ち、徳兵衛の目前に持ちあげてよく見せる。

お沢が観念して袂《たもと》で顔を覆い、「情けなや恥ずかしや」と震えだす。徳兵衛が急ぎ板間に上がり、「お沢どうした。女房よ、しっかりせぇ」と手を取る。お沢はたった今までとは別人のように体を縮めている。

初めて出した地声は甲高く細く、

「と、と、徳兵衛様よ、うぅ、まっぴら許して下されや。こ、ここ、この五百文は、内の売上金よりわしが盗み申したもので……」

徳兵衛はそっくり返って仰天し、

「えーっ、お沢がか。いや許す許す。してなぜじゃ」

か細すぎてお沢の声は聞き取れない。お吉もついにじり寄って耳を澄ます。

「与兵衛の野良に……やりたくて……。うぅー！」

という泣き方も、娘のお勝に似て身も世もなくの大泣きである。徳兵衛が「なんとそうであったか」と言いながら袂で顔を拭いてやるものの、おっつかぬほどの大洪水で、

「徳兵衛さま……二十年も連れ添うた……女夫《めおと》であるのに……うち解けず……申し開きもできませせぬ……」

「お沢！」

「わしは河内屋徳兵衛の女房にござる……。このわしが与兵衛の野良めを可愛がれば、なさぬ仲ながらここまでようしてくださるこなたに申し訳がたたぬ……。それにの、母の贔屓《ひいき》のせいで与兵衛がますます悪になれば、こなたから煙たがられると思うて……。わざと憎い顔をして、産んだこの手で打っつ叩いつ……」

「なんとなんと。わしに見せるためにわざとやったことだったか」

と徳兵衛が合点する。人差し指で目の縁を拭いだす。

「そうじゃ……。追ひ出すの勘当のとひどく辛《つら》く当たりしは、継父のこなたに与兵衛を可愛がってもらいたさ。それもこれも女の浅知恵でござる。許して下され……」

「許す許す。もう泣くでない」

お沢はまた涙を流す。徳兵衛に拭いてもらいながらも、たまらず板間にわーっと伏せ、

「たとえどんな悪人であっても、真実憎めるはずはない。なぜならわしがあやつの母。このわしこそが与兵衛の母にござる！」

「道理、道理じゃ」

「たとえ、釈迦《しゃか》の弟子ながら我名も忘れるほどの天竺一《てんじくいち》の愚鈍として言い伝えられる周利槃特《しゅりはんどく》であっても、その母にとっては天竺一のよい息子。たとえ、父王を嬲《なぶ》り殺して玉座を奪った阿闍世太子《あじゃせたいし》であっても、母の身であればなんの憎かろう。わしはこうも思い、夜ごと涙を流し申した。もしやわしの持つ前世の悪縁が胎内に宿ったせいで、あの子は鬼子として産まれねばならなかったのかもしれぬ。そう悩んで、寝返りを一つ打ち、二つ打ち、三つも打てば、涙で息もできませなんだ。息子の不憫《ふびん》さも可愛さもいや増すばかり。もしも医者が根性直しに母の生肝飲ませいと言うたら、この身を裂いて肝を飲ませ、悪性を治してやりたし。母とは、まこと愚かなものでござる！」

その言葉にお吉も「ほんになァ」とぐすぐす泣きだした。

お沢は徳兵衛を見上げて、

「さきほど、わしに隠して金三百文、与兵衛めに託してくださったこと、まことありがたくもったいなく、心の中では三度も手を合わせ申した。義理が邪魔し、素直に言えぬこの立場の情けなさ」

「なんとお沢。オォ」

と肩を寄せて泣く夫婦の前で、お吉は板間に投げだされた粽と金をひょいと拾いあげ、しみじみ、「男子の親御にとっては明日は大事な祝いの日。わしはうらやましくもありますわいな。なァお沢さん」と愛嬌《あいきょう》のある笑みを向けた。

お沢は涙を拭き、弱々しい泣き笑いを見せて、

「なにしろ与兵衛のやつは派手好みの男にござる。とりわけいまは祝い月。あの子も鬢付油《びんつけあぶら》で髪を整えていい匂いをぷんぷんさせ、新品の元結《もとゆい》を髷《まげ》にキラリと飾りつけ、揚々と町に繰りだし、人付き合いをしたかろう。あの子が生まれてこの方、節句の祝いを欠かしたことはなくてなァ。どうでも祝うてやりたくて、こうして人から渡してもらわんとし。しかし、夫の金にいちども手を付けたことのなかったわしが……」

ふと遠くを見る。

もう涙を拭きもせず、両手を投げだし、体の力も抜けきって、ほんとうに呆然と、

「子ゆえの闇に迷わされ……」

声がふわりと空《くう》を舞う。

「盗みに手を染め。まことに恥ずかしうござる」

外で、にゃー……と子が鳴いた。

夜風の音はまだかすかである。

お吉が明るい声で、「ほんにお沢さんは昔から変わらぬなァ。情の優しさをいつも

棒でお隠しになって。わしが嫁にきたころも陰でよう助けてくださり」と真似して天秤棒を振り回したものの、たちまち自分の足を打ち、「いたい！」と飛びあがる。

徳兵衛が「長々とすまぬな、お吉さん。祝い日の夜、七左衛門さまがお留守の折に押しかけ、泣くの喚《わめ》くの不調法じゃったの」と頭を下げる。お吉がなんのなんのと首を振ってみせる。

「さぁお沢。その金をお吉さんに預け、お暇《いとま》するぞ」

お沢が顔を上げた。

おや、いつのまにか強気の母にもどっている。低い作り声で、

「なうなう、そうもいかぬ！　徳兵衛さまの遣うて下さるお心を前に、盗んだ金をどうもできませせぬ」

「わしならよい。な、その金もおいていこ」

「い、いやじゃー、ゆ、ゆゆ、許して、くだされぇ……」

と声がまた細くなっていく。まるで二つの仮面《オモテ》をつけては外すように心引き裂かれている母である。

徳兵衛も困りきる。お吉もどうしたものかと頬に手を当てていたが、「あー」と手を叩き、

「そんならお沢さん。これ、この辺りに捨てておかしゃんせ。そしたらな、わしが誰ぞいい人に拾わせますする」

徳兵衛の顔もぱっと晴れる。

「おぉ、それがええ。この辺りに金を捨てようぞな。わしもそうする。この三百文をここに捨てる。エイッ」

と自分で持ってきた銭を放る。

お沢も五百文を握りしめると「エイヤッ」と思いっきり投げた。

ちゃりん、ちゃりんちゃりん。ちゃりん。

おおきな音が不気味に響く。すると表でまた猫がにゃーと鳴いた。お吉が銭を拾って上がり框に置く。

背後からお沢の弱々しい震え声が届いた。

「かたじけないのぅ……。とてものお情け。のぅ、あの、よければの、この粽もじゃ、とってもおいしい粽なのじゃ。これも、だ、だだ、誰ぞよさそな……」

お吉が両手を添えた丁寧な仕草で粽を受け取る。

と、お沢はまた恐い顔になり、怒鳴る。

「犬に喰《く》わせて下さんせ！」

「あいあい承りましたとも、お沢さん」

とお吉がにこにこうなずき、粽とお沢の手を両手のひらでぎゅっと握る。

徳兵衛も胸を撫で下ろす。

「それにしても、与兵衛の野良めはどこにおるのかいなぁ」

「ま、おっつけきますわいな。子供のころからな、与兵衛はもめごとの後は、ようぅちにやってきた」

「なうなう……」

と三人で顔を見合わせ、泣き笑いをした。


豊島屋の潜戸が開き、腰をかがめてまず徳兵衛、続いてお沢が出てくる。〈河〉の提灯を一つずつ持ち、河内屋に帰っていく。

宵闇が濃くなった。

軒下にいる与兵衛の姿をほとんど真っ黒に隠すばかり。

長いあいだ、与兵衛は身動きせず、まるで置き物のように立っていた。本物の黒い猫が一匹、白い猫が二匹も通り過ぎていっても、動くことはなかった。

なにかをはらんで、夜の風もすこし強く恐くなった。雲が流れるたび、月も見えたり隠れたり。

——父母《ちちはは》の帰るを見て、心一つに、打ち頷《うなず》き、脇差抜いて、懐に。さいたる潜戸、さっと開け、つっと入《い》るより、胸も枢《くるる》も、落とし、付け。

やがて与兵衛は脇差を懐に隠し、空の油桶だけぶら下げると、潜戸を開けて豊島屋の内に入り、

「七左衛門様はどちらへ」

と静かに声をかけた。

「節句だからさぞかし銭が集まったことだろうなぁ」

「与兵衛さんか、やはりきましたな」

と奥の蚊帳からお吉が、こちらも静かな声をかけながら這い出てきた。どうやら三人娘の寝顔を見ながらもらい泣きしていたらしい。両手の甲で濡《ぬ》れた頬を拭き拭き、

「あぁちょうどよい所じゃ。ほれ、この金八百文と、おいしそうな粽がな。与兵衛にやれとついさっき天から降ってきたところじゃ。勘当の身なのに節句の祝いの品が手に入るとは。こな様はほんに運のいい子じゃ。このさきもきっとうまくいくわいな」

「親の施しの小金と飯か」

与兵衛の醒《さ》めた声にお吉はおどろき、ついで諭すように言う。

「はて早合点な。こな様を追いだした親がそんなことしますかいな」

「隠すなよ、お吉さん。さっきから門口に立ち、あちこち蚊に喰われながら、親父さまと母上の嘆きを聞いて……えっとなぁ、俺も涙をこぼしたよ」

お吉が板間を近づいてくる。いつも通りの人のよさそうな明るい笑顔だが、与兵衛のほうは無表情でつっ立っているばかり。

お吉は膝をついて座ると、うんうんとうなずいて、

「みんな聞いておったのか。それなら話は早いわいな。他人のわしでさえ目を泣《な》き腫《は》らしたぞな。与兵衛さん、この八百文は親御さんの心づくしの金じゃ、一文も無駄遣いはできぬぞ。お守りとして肌身離さず持ち歩き、よう働き、やがてくる親御さんの葬礼には立派な棺を用意してやらねば、もう男でもなんでもない。そこらへんの杭《くい》一本の価値もないわ。天の神様や仏様の罰《ばち》が当たって、おっとろしいことになるぞな」

「おぉ、お吉さん、恐い恐い」

と与兵衛が笑った。それから「神仏なんて信じねぇが、とにかくな、俺もこんどこそ真人間になって親孝行しようと思ったよ」と言い、上がり框に腰かけて両脚を開いて座った。

「それはなによりじゃ」

「しかしなお吉さん。心を入れ替えようにも、かんじんの金が足りん。もうだめじゃ」

「なんと？」

「聞いてくれるか、お吉さん」

お吉が涙の乾ききらぬ両目を見開き、なんとなくうなずく。

「ちょいと借金で首が回らず、さりとて親父さまにも兄御にも素直に言えなくてな。そこでだよお吉さん、明日は節句。商家には集金した金がたんまりある。新銀二百目ばかり、どうか貸してくだされ」

お吉は聞きながら次第に顎《あご》を引き、じとーっと与兵衛を睨みだした。聞き終わると頬をふくらませ「ホラ、それじゃ」と怒って、

「この阿呆《あほう》。いったいどこの心がどう入れ替わったのじゃ、そもそもわしとこなさまは金の貸し借りをするような仲じゃないわいな。そういう世間の義理を欠いてまで金を借り、茶屋の払いを済ませたら、どうなさるおつもりじゃ？　さてはまた同じ茶屋に出向いてつぎの借金をこさえるおつもりか。わかっておるぞな」

与兵衛は開いた脚をさらに開いて座る。脛《すね》の毛がちらと見える。灯りを浴びてかす

かに黒く光る。

与兵衛は上目遣いをして甘え、

「いいから、二百目貸せよな」

「もー！　あっちいけ！　この大阪一の阿呆めが！」

とお吉に横《よこ》っ面《つら》を叩かれる。与兵衛は黙って笑い、それからプイと横を向く。お吉はその耳を引っ張って口を近づけ、がみがみと、

「確かにな、集金したぶんの五百八十目、この棚に入れてあります。じゃが、むりなものはむり。内のものは夫のもの。女房が勝手に手を付けることなどできませぬ。女三界に家なしとはよう言うたものじゃわい」

と遠くを見て、「女はやー……」と一節だけ歌い、

「こうしてな。お沢さんに徳兵衛さん、そして与兵衛さんの話を聞いて差しあげることはできるが、わしにはそれだけじゃ。比べてこな様は、お向かいさんの跡取り息子。真面目に励めば店一軒の主となれるというに。ほんにほんに情けなや」

と熱心に説教する。すると与兵衛は板の木目をぼんやり眺めながら、ふとしみじみと言う。

「あんただけだぜ。お吉さん。真実いい人なのはさ。俺はあんた一人が頼りだ、い

ま」

「はて。あんなにいい親御さんに恵まれておってなにを言うか。あぁあきれた」

とお吉が手の甲を抓《つね》ってやる。与兵衛は痛がりもせず、「建前の母に義理の父、道理の兄かよ」とつぶやいた。

それからふいにお吉の胸になだれのように崩れ落ち、甘えるあまり縮こまる。

お吉はギャッと飛びあがり、横に避けて、

「なんやもう、子供みたいに！　あぁうとましや。エイエイあっちいけ！　金と粽を持ってもう帰らっしゃれ！」

途端に与兵衛は板間の隅に飛び逃げ、むきになって怒鳴る。

「俺だってな、さきほどの母上と親父様の話、ほんとうはこの心によう届いたわ！」

「もう騙《だま》されぬぞ。嘘《うそ》ばっかり！」

「ひ、人の話を聞けよ！　だけど俺はな、性根を入れ替えて働こうにも、いまのままではほんにどうにもならんのだ！」

あまりに切羽詰まった怒り顔に、お吉がハッとし、「いったいどうしてじゃ」と聞く。

与兵衛はふてくされ、横を向いて、

「じつは先月二十日。上町の綿屋小兵衛という男から新銀二百目を借りた。親父様の判を盗んで、な」

　お吉の顔色がさーっと変わる。

「まさかほんとにか。偽判は重罪のはずじゃ」

「あぁ、借りた金は二百目。だが返済期日の今宵を過ぎれば約五倍の一貫となる。なんとしても返さねば、綿屋小兵衛は親父さまと兄御のところへ行き、町年寄や五人組のところにも届けるはず。そうなりゃ偽判がばれて俺ァ明日にもお縄、そして……獄門首だ」

「なんと、徳兵衛さんの心配通りのことをしたのか。この阿呆……」

　ひどく悲しげなお吉の様子を見ると、与兵衛は興が乗って朗々と、

「それでな、ほれ、この脇差を見てくれ。いっそ死のうと思い詰め、これを持って出た。でもな、さっきの母上と親父さまの話を聞いちまうと、もう死ねもしねぇ。汚ぇ死骸《しがい》として莫蓙の上で再会し、これ以上泣かせるのは忍びねぇと、死ぬに死ねずこの辺りをうろうろしていた。で、子供のころからよくしてくれたお吉さんの優しさを思いだしてな。ほかに頼る人もおらず、情けないこの顔を出してみた。なぁお吉さん、ない金を出してくれとは言わねえが、そこの棚に五百八十目もあると、あんたはたっ

たいまその口で言うた。二百目でいいんだ、たったの二百目だぜ。七左衛門さまに黙って貸してくれればこの与兵衛は死なずに済む。もしも命を助けてもらえたら、この与兵衛、お吉さんへの恩徳を黄泉《よみじ》の底まで忘れねえ」

お吉は真剣に聴いていたが、はっと我に返り、

「しまった。だまされるところやった。お勝ちゃんもつい先日、この手にうっかり引っかかり、仮病までさせられたと聞いたぞな。こりゃいつものことやな。この嘘つきのど阿呆め」

とあきれるあまり「まったくもう」と笑いだす。

すると与兵衛は目を見開き、びっくりしてお吉を見た。じわじわと傷ついた表情が広がっていく。「じゃお吉さんは、俺が嘘をついてるっていうのか」と目を伏せる。

「お吉さんよ……。これほど男の冥利《みょうり》にかけ、誓言立ててもだめか」

「なにが誓言か、嘘ばっかり。だいたいいつぞやのなぁ」

とわぁわぁ話しながら、お吉は蚊帳を覗いて娘たちの寝顔を見たり、板間を片付けたりと立ち働きだし、

「野崎《のざき》参りの日も、よかれと思うて泥を拭《ぬぐ》うてやったばっかりに、うちの人から不義を疑われ、言訳に苦労しましたがな」

与兵衛がふと顔を上げる。

「不義？」

とつぶやく横顔に希望が灯る。

「そうともな。まったくもう。わしもこな様の世話などもうしておられぬわいな」

与兵衛はすごい勢いでお吉ににじり寄っていき、手首をとつぜん摑み、真剣な声で、

「じゃあさ、不義になって貸してくれよ」

お吉は与兵衛の顔を間近で見て、「は？」と言う。与兵衛は甘えたように声をやわらかくし、「だから。俺と不義に」と繰りかえす。お吉は赤くなり、「なにを言うか。ならぬ」「お吉さん！」「くどいくどい」「そうかよ。じゃ……」と与兵衛は摑んだ手首を引っ張って抱き寄せ、耳元で「くどくは言わねえ」と言う声が震える。

「貸してくだされや」

と低く、

「な？」

お吉はボンヤリしていたが、両手のひらで与兵衛の痩せた薄い胸を押す。

「この子は！　さては女子《おなご》と思うてなめてらっしゃるな！」

すこし与兵衛が笑い、強引に抱き寄せようとする。するとお吉が怒って地団太を踏

み、「無体なことをなさると声を立てて喚くぞな！」と怒鳴るので、ふとあきらめて動きを止める。

心でなにかを決めたように、短くうなずき、

「じゃあ、借りるのはやめよう。べつの方法にしよう」

「そらそうや！　さぁ、金と粽を持って帰らっしゃれ！」

と板間の近くにズサッと放られ、与兵衛は野良犬のように拾う。

それから、見慣れているはずのこの世のすべてのものがいまさら物珍しいように、お吉を、金を、粽をじっと見た。

笹《ささ》をめくって米を出す。一口齧ろうとし、呆然と手を止める。

お吉が表情をすこし和らげ、「母上の心尽くしじゃ」「そうか……。うまいよ」「さぁ粽を食べて早う帰りなされ。さぁさぁ」「お吉さんも食べてみろよ」と一つ差しだされ、溜息《ためいき》をつきながら受け取って、笹をめくる。一口齧って、「あら、ほんとにおいしい」とうなずき、与兵衛を見上げて、「ハァ、それにしてもこの子はほんにもうどうにもならん不良息子……」と首を振る。

「なぁ、お吉さん」

甘え声に、

「なんじゃ！　いいからはよ帰れな」

「金のことはもう頼まねぇよ、俺ァ」

「当ったり前ですがな。そんなことでなにを威張っとるか」

「その代わり、この樽に油を二升ばかり立て替えてくれねぇか」

お吉は食べかけの粽をそのへんに置き、与兵衛を見た。思案してからウムとうなずき、「それなら、商いの立替やから女房のわしにもできること。それでもう帰らっしゃれや」「うん、頼むよ」と素直にうなずく与兵衛に、これでようやくとほっとする。

お吉は身軽な仕草でととっと歩いて落間に降り、門口近くにある油櫃《あぶらびつ》の蓋《ふた》を取った。

お吉の若くきれいな横顔を、灯りが明々《あかあか》と照らす。

——消える命の灯火《ともしび》は、油量るも夢の間と、知らで升《ます》取り柄杓《ひしやく》取る。後ろに与兵衛が邪慳《じやけん》の刀、抜いて待てども。見ず、知らずゥ……。

お吉は安堵《あんど》のあまり妙に明るい声で、わぁわぁと、

「まぁ与兵衛さん、不義がどうこういう阿呆まるだしの寝言は、このお吉、聞かなんだことにしてやる。言うておくがこな様のためではないぞ。親御の悲しまれるのを見とうないためじゃ。ほんにお可哀そうなお二人だこと。こな様はな、まだ人の親ではないからなんにもわからぬのじゃなぁ」

「うん、そうだな」

「なんや、えらい素直な返事やな」

と振りむき、すこし穏やかにもどった顔つきで、

「親御の心尽くしの八百文で、まずは節句をお祝いなされや。それから、なんや知らんがわしには助けられぬ揉《も》め事《ごと》があるのなら、うちの人と折り入って相談してもよいぞ。そうやな、うちにある金額なら助けられぬものでもない。うちの人はいま留守じゃが、明日の朝なら話せるゆえ」

「それが、朝じゃ間に合わねぇンだな」

「またおおげさな。ともかくな、五十年六十年と連れ添うた女夫でも、内のものがままならぬのが女の習い。女庭訓にもあったぞな。えぇと……。アレまた忘れた。なにはともあれ、わしを恨んで下さるな」

――灯油《ともし》に映る刃《やいば》の光。お吉びっくり……。

灯りを反射して、与兵衛のいる板間の奥でなにかがギラリと光った。

油櫃の前に立って柄杓で油をすくっていたお吉が、気づいて振りむき、不思議そうにきょとんと、

「いまのは何ぞ。与兵衛さん」

与兵衛はごく普通、いつもどおりの顔で立っている。だが、

「……いや、何でも、ご、ござらぬ」

と答えた声は震えている。

右手を後ろに隠している。

さきほど安堵したせいか、お吉は余計カッとして、「なんや。目もすわり、恐ろしい顔色。この阿呆、右手に何を隠しておるか。見せなされ。ほらこっちに出して」と怒りながら腕を伸ばす。与兵衛は「うん」と一瞬、従順に右手を出そうとしたが、よく考えてやめた。握っているものを背中に隠しながら左手に持ち替え、「おっとっと」と言い、震える空の右手を見せた。

割れた笑顔で、

「ほら何もねぇだろ。お吉さん。なぁ何もない」

その顔をお吉は長いあいだじーっと見上げて黙っていたが、急にわなわなと震えだし、

「こな様はどうしたのじゃ。アア気味悪い。その顔。必ず側へは寄るまい。必ず」

とお吉が怯えて後ずさるほど、与兵衛の震えは不思議と消えていく。

一見いつも通りの与兵衛、だらしないのに愛嬌だけはある、いかにも与兵衛らしい

様子で笑い、板間を近づいてくる。お吉は油の入った柄杓を握った手が固まり、そのまま、油を落間にこぼしながら後ずさり後ずさって、門口に辿《たど》り着《つ》き、左手で引き戸を開けようとするものの、がたがた震えてうまく開けられぬ。いまにも舌を嚙《か》みそうな声で、「でで、で！」とつぶやく。すると与兵衛が真顔になり、いっそ不思議そうに「どうしたお吉さん。やけにきょろきょろ。面白ぇな」と声をかける。落間に降りて裸足のまま寄ってくる与兵衛の手がようやく見える。脇差が握られている。お吉はおどろき、首をのけぞらせつつ、やっと扉を開け、外に向かって、かすれる声で、

「出会え、出会えぇ！」

と叫んだ拍子に、柄杓がかたむき、油が体にドロドロとかかった。

与兵衛が後ろから飛びかかって左手でその口を押さえ、「音骨立《おとぼね》つるな、女め」と耳元でささやく。油でぬるりと滑る女を左腕で引きずり、脇差握った右手で扉を閉めようとする。その隙《すき》にお吉が「あぁ、いややめて……」と与兵衛の腕をぬるぬるすり抜ける。板間によじ登り、油に滑って転び、また立ちあがり、三人娘を守らんと「お、おおお、お蓮、お清……おお、お伝よ……！」と名を呼び、蚊帳へ走らんとして、足がもつれ、ドゥと倒れる。

それからもう声も出ず、震えながら、門口を振りむいた。

与兵衛はお吉を見ていた。

そうして、生涯一度も上げたことのないおおきなおおきな笑い声を腹の底から生き生きと響かせながら、でっかい鳥のように両腕を広げ、袂に油混じりの夜風をはらみ、小走りで駆けて板間に飛びあがってきた。

このとき与兵衛、心に持ち続けた、言葉にならぬなにもかもを、刃を握る手に具現化し、真実自由な魂となり、全身で大笑いしながら、駆けて、飛び、倒れるお吉を捕まえてハッシと押さえると、

「なぁ！　お吉さん！」

「あーあーあー、やめてたも、やめてたも……いや」

「お吉さんッ！　お吉、さんッ……」

「いや、いや……。やめて……。痛いよぅ……」

組み敷いたお吉のもとに刃を二度三度。しかし避けられ、きれいな顔のあちこちに無残な傷がつくばかり。与兵衛ちっと舌打ち。こんどこそはと狙いを定めて、おおきな刃を、お吉のほっそりと白くぬらぬらとぬめる体めがけ、こんどこそしっかりズブリと突き立てた。

与兵衛の刃がお吉の喉笛《のどぶえ》に突き刺さった。縦長の赤黒い傷口がサッと開いた。そこ

からいやな音を立てて鮮血が噴きだした。

「ぎゃあああああ！」

血が油と混じる。与兵衛が一度満足し、正座してじっと見下ろす中、お吉は腹ばいで逃げていく。さきほど徳兵衛が隠れた油樽にぶつかった。

ドッと倒れる油樽。

するとお吉の体は油と血で命そのもののように瞬間光った。

与兵衛はそれを見てワァと目を輝かせ、

「お吉さん……！」

「やめて、や、やや、やめてたもー……」

油の真ん中に、食べかけの粽がコロリとある。

与兵衛は米粒を踏みちらし、油でヌルヌル滑りながらお吉のもとに再び近づく。脇差を握りしめる手が期待で震える。

「なぁ、お吉さん。なぁ、なぁ、お吉さん！」

「あ、あ、あ……」

「大騒ぎだな、静かにしてくれ。人がきちまう」

お吉は両手のひらで首の傷口を押さえ、血を止めようとする。油に滑って転げ回る。

笑いながら与兵衛がわざとゆっくり後を追う。

お吉の這ったところに赤い命の痕《あと》が続いている。

「そ、そんなら、声立てまい……。わ、わしは死ねぬ。いま死んでは、年端《としは》も行かぬ三人娘が流浪する」

お吉は屠《ほふ》られる獣のように戦慄《おのの》く。

「子には優しい母が必要」

「ウン。ほんとになぁ」

としゃがみこみ、お吉の油まみれの白い脛を刃で撫ぜる。

「俺もそう思うぜ」

「三人娘を残して、死にとうない、死にとうない」

与兵衛がお吉のだらりとする腕を引っ張って仰向《あおむ》けにし、のしかかる。「金はいるほど持ってござれ。た、助けて、くだされ……」とお吉が目を閉じる。最後の息が「与兵衛さま……」と漏れる。

「オォ死にともないはず。もっとももっとも。しかしお吉さん、こなたの娘が可愛いほど、俺も俺を可愛がる親父さまが愛しい。どうしても金を払うて男を立てねばならぬ。だからあきらめ……」

と刃を振り立て、

「死んでくだされや」

血塗《ちまみ》れの首の後ろに左腕を差しこんで半身を起きあがらせ、抱き寄せながら、刃をまずは右の腹に。「口で申せば人が聞く。心でお念仏」ぐっと引き抜き、血と油で鈍く光る刃を、こんどは左の腹に。「南無阿弥陀仏《なむあみだぶつ》、南無阿弥陀仏。南無阿弥陀仏。南無阿弥陀仏……」また引き抜き、溢《あふ》れる血の海、油の海を見てカッと目を見開き、「お吉さんッ、お吉さんッ」止まらなくなり、お吉のやわらかな白い腹に、突き立てては抜き、抜いては突き立て。右から左へ左から右へ。「ハァ、ハァ！」と息を荒らげ、与兵衛はお吉の腹に、ますます激しく、刺しては抜き、抜いては刺し、「ハァ、ハァ、ハァ、ハァ……」そこに門口の扉から生暖かい風が吹いてきて、与兵衛の乱れきった鬢《びん》の毛をユサユサと揺らしだした。

――お吉を迎ひの冥途《めいど》の夜風。はためく門《かど》の幟《のぼり》の音《ね》。煽風《あふち》に売り場の火も消えて。庭も心も暗闇に、内撒《うちま》く油、流るる血。踏みのめらかし踏みすべり、身内は血潮の赤面赤鬼。邪慳の角を振り立てて、お吉が身を裂く剣《つるぎ》の山。目前《もくぜん》油の地獄の苦しみ。軒の菖蒲《あやめ》のさしもげに、千々の病は避《よ》くれども、過去の業病逃れ得ぬ。菖蒲刀《しょうぶがたな》に置く露《つゆ》の、魂《たま》も乱れて……。

風が灯りを吹き消し、豊島屋の内は地獄の如き真っ暗闇と相成った。

与兵衛は暗闇の中でもまだ、突き刺しては、抜き、「お吉さん……お吉さん……お吉さんッ！」と呻《うめ》いていたが、暗闇に目が慣れるうち、赤くぬらぬらした地獄に倒れたお吉が、ついさっきまであんなにも元気で明るい姿を見せ、生きることを励まし続けてくれていたというのに、もはや……。

――息絶えたり……。

ぐしゃりと平坦《へいたん》な遺骸となりはて、血が抜けきったか命のぶんの重さが減ったか、妙にぺしゃんこの物体に変わったのを見ると、与兵衛の興奮はアブクのようにすっと消え、ただ「あ？」と一声。それから顔のほうに寄って、「おい、お吉さん。ねぇ？」と子供のような様子で声をかけた。

別人のように変わり果てた、お吉の恐ろしい死に顔、恐怖と憤怒《ふんぬ》と三人娘への思慕に引き裂かれながら見開かれた二つの目、洞窟《どうくつ》のようにぽっかり空く口。

与兵衛はぞーっと体を引いた。

死骸から目を逸《そ》らす。板間に手をついて、立ちあがろうとはしたものの、膝節《ひざぶし》ががたがた。うまく立てず、膝歩きで蚊帳に近づき、内を覗いた。三人娘の寝顔が串団子のように並んで眠るのを見下ろすうち、血塗れの与兵衛の顔はますます強張《こわば》る。

「ハァ、ハァ……ハァ……。くそ、畜生ッ……」

とようやく立ちあがり、血だらけの震える手で戸棚を開けた。ガラガラとおおきな音がするのが、頭上に雷鳴が落ちてきたように響いて、与兵衛は「あ、あわわわ」と震えた。なにかをパサリと落とした気がした。与兵衛は戸棚の内の上銀五百八十目をみつけ、「ハァ、ハァ」と息も荒くかき集めると、口元に笑みを浮かべて「よ、よよ、よし……」と懐に捻《ね》じこみ捻じこむ。

金の重さのあまりユラユラユラユラと体が揺れ、その拍子に死骸の腹を踏んでしまう。ぐにゃりと不気味な感触。もはや人の体とはとても思えぬ。いやな血が滲《にじ》みでて足の裏を濡らす。「あ、あわわっ」と与兵衛はまたあわて、あとはもうとにかく一刻も早く血まみれの油だらけの豊島屋から逃げようと……。

——捩《ね》じ込《こ》み捩じ込む懐の、重さよ、足も重くれて。薄氷《はくひょう》を踏む、火焔《かえん》踏む。此の脇差は栴檀《せんだ》の木の橋から川へ。沈む来世は見えぬ沙汰。此の世の果報の付き時と、内を抜け出て、一散に。足に任せて

門口から飛びだして消えていき、真っ暗な豊島屋には、冥途からの黒い風が生暖かくも激しく吹き続けるばかりの有様と相成った。

新町《しんまち》の場

――おしてるや！　難波《なにわ》の春は京に負け、京は難波の景色より、劣る水無月《みなづき》、夏神楽《かぐら》ァー！　廓《くるわ》四筋は四季ともに、散ること知らぬ花揃《はなぞろ》え。女郎《よね》の風俗、揚屋《あげや》のかかり。富士も及ばぬゥ、恋の山ァー！

春の景色こそ京に負けるとはいえ、六月の大阪は邪を祓《はら》う夏神楽で盛りあがり、京などでは到底見られぬ賑《にぎ》わしさであります。とりわけ遊郭は花のかんばせ揃いでありまして、そう！　富士も及ばぬ恋の山とでも呼べましょうか。

中でもここ新町は別格。なにしろ大阪で最も古い高級遊郭。歴史をたどれば天正十三年、かの豊臣秀吉公が大阪城を建設した二年後まで遡ります。中央の瓢箪町《ひょうたんまち》から東西南北の四筋がぐんぐん伸びる、でっかなでっかな歓楽街。外界とは黒い下水溝でしっかり仕切られ、東西にある二つの大門から出入りする仕組み。ほら御覧なさい。廓の建物の豪華さも、遊女の衣装の素晴らしさも、道行く客の賑やかしさも、アァ、ここ新町こそが日本一。

客はといえば、遊女の甘い誘い声をかき消すほどの大声で、歌舞伎役者の台詞《せりふ》回しの物真似や、目下流行中の商品の売り口上、流行歌に、浄瑠璃の名場面、戯《ざ》れ言を口ずさんで歩いておりますす。すこしのあいだでも黙っておるのは恥とばかりの大阪男の陽気さよ。それに負けじと女たちも、甘く可愛く客を呼びこみまする。

こうしてそぞろ歩く客たちは、気楽な茶屋に下級女郎を呼んで遊ぶ庶民に、金はないが郭《くるわ》の空気が好きでそぞろ歩く冷やかし男に。おっと、いま、ほら、駕籠《かご》を飛ばしてエッサホイサとやってきて立派な揚屋の前で降りたのは、高級女郎を揚げるお大尽《だいじん》でありまするな。

揚屋からは豪勢な食事の匂い。茶屋からは女と男の嬌声《きょうせい》が響く。屋内を覗《のぞ》けば、寝てしんみりと物語る馴染《なじ》み客に、遊女の位や郭事情を根掘り葉掘り聞く田舎客。あ、ほら、あっちを御覧なさい。小窓越しに「門限の太鼓の後でな」と遊女から囁《ささや》かれているのは、女に自腹きらせる恋仲の色男でしょうか。かと思うと、向こうから歩いてくるのはスッカラカンにされてとぼとぼ帰る客。夜の新町の男もことほどいろいろでありましてな。

あっはっはー、と女と男の笑い声。おしろいの香りと酒の匂いも入り混じり。

そうしてやがて、夜十時。

ドーン、ドーンと、腹の底に響く太鼓の音。同時に東西の大門がゆっくりと閉じられていき。

で、あとは朝まで、男は女の夢ン中でありまして、なァ。

「おかあさー……ん……」

と、幼女の声がしたような気がした。新町の筋を肩をいからせのしのし歩いていた山本森右衛門《やまもともりえもん》が、ハッと振りむく。

あわてて見回すものの、郭の夜にそんな声があるわけもなく。

「なんじゃ、空耳か」

と、生真面目《きまじめ》そのものの横顔をしかめて首を振ってみせる。

六月六日の夜。

森右衛門は五月の節句の日、妹お沢《さわ》から連絡を受けて河内屋《かわちや》に駆けつけた。前夜、向かいの豊島屋《てしまや》で若女房のお吉《きち》が惨殺されて売上金も盗まれたという。犯人は不明……。お沢曰《いわ》く、その日を境に与兵衛《よへえ》の金回りがよくなり、たがが外れたような女郎買いで帰ってこぬ、と。

というわけで、森右衛門は仕え始めたばかりの新しい主君から休みをいただいて、本日から甥《おい》ッ子探しにとりかかったのである。

「与兵衛め、与兵衛！　ほんにあやつは」

と、のしのし歩きながら不機嫌に嘯《うそぶ》く森右衛門である。

「もし下手人なら、一刻も早く捕え、遠くへやるか自害させるかしかあるまいぞ。しかしそれにしても……」

十字路でハタと立ちどまる。

「ここはどこじゃ？」

真面目者の森右衛門は、新町に初めて足を踏み入れたのである。懐から紙を取りだし、「ええと、与兵衛の馴染みの松風という女郎。備前屋《びぜんや》におるはずなのじゃが」と辺りを見回す。しかし慣れぬ者には、似たような路地と小部屋がどこまでも続く郭は、まるで七色の迷宮の如く。

「ウーム、困った」

そこに、十歳ぐらいと見えるお河童頭《かっぱあたま》の禿《かむろ》（高級女郎に付く見習い少女）がトコトコとやってきた。ちいさな両手に手紙の束を抱えている。

「コレコレ小童《こわっぱ》、物問うが」

と慇懃《いんぎん》に声をかけ、

「備前屋はいずかた。其《そ》の御内に松風と申す女がおるはず。教えてたべ」

禿は足を止め、物珍しそうに上から下まで森右衛門を眺めだす。「フウ！」と鼻息

を立て、こばかにするような顔つきをしてみせ、

「えらいおおげさな物の言いようですなぁ、お侍さま」

「ナニ？」

「フゥフゥ、備前屋とは此《こ》の家」

と指さされ、森右衛門は「え」と赤くなる。

「わしとしたことが。ちょうど着いておったとは」

とうなずき、禿に背を向ける。

すると禿が「お侍様よ。フゥフゥ」と言うので「なんじゃの」と振りかえる。禿は大人のようにしなを作って笑いかけ、

「ちょいと左足上げさんせぇー」

「は？　足じゃと」

なにか踏んだかなと森右衛門が左足を上げてみる。「つぎは右足も上げてみさんせぇー」「は？」と言われるまま上げる。すると禿は鼻息で笑い、「オウよう踊ったな。お疲れお疲れ」と通り過ぎていく。森右衛門は「これは、孫のような子供に一本取られたの」と苦笑いしだした。

それからはっとし、

「この家が備前屋。しかし戸が幾つもあるがどれじゃ」

禿は振りむきもせず面倒そうに、

「西の端の、いま閉まっておる戸が松風の部屋」

「なるほどこれか。よーし！」

「フゥ？　お侍さまよ、開けるな不調法な」

「なぜじゃ」

あきれ顔で振りかえった禿が、大人じみた気怠《けだる》い溜息《ためいき》をつき、

「松風は揚屋に呼ばれぬ局女郎《つぼね》。揚屋でも茶屋でもなく部屋で客取る」

「ふむ？」

「はー。つまりの、戸が閉まっておるのは客がきておるということじゃ」

「おぉ、なるほどそれは不調法」

禿が「フゥフゥ！」と唸《うな》って去っていく。

森右衛門は戸の前まできて、思案し、

「待てよ。いま客がきておるということは、ウム。……さては与兵衛か！」

とグイと一歩踏み出す。

そのときちょうど戸が開いて、まずむっちり太った年増《としま》の局女郎が、つぎに編笠で

顔を隠した若い男が出てきた。長身で痩《や》せた背恰好も服装もまさに河内屋与兵衛である。森右衛門は「お吉殺しの下手人！　みつけたぞ！」と叫び、男の腕をむんずと摑《つか》む。

「おのれ、隠れたとて逢うまいぞ！　与兵衛！」

と男をうつ伏せに転ばせ、膝《ひざ》を背中に乗せてあっというまに取り押さえる。編笠を奪って「コレ！」と顔を睨《にら》みつけ、「与兵、衛め……」と言いかける。しかしそこにあるのは知らない男の顔であった。あわてて飛びのき、「コリャ人違い！　真平真平《まつぴらまつぴら》、面目なや！」と平謝りしだすものの、男も忍びの恋らしく、あわてて編笠を拾って顔を隠すと、「いえいえお気になさらず、お侍様……」と小股《こまた》で逃げていく。

森右衛門は頭をかいて男を見送り、それから、松風をチラリと見る。

松風の体はおおきく、肌は眩《まぶ》しいほどむっちりと白い。口を半開きにし、森右衛門が見たことないほど気怠そうな目つきで、いかにも興味なさげにこっちを眺めている。

「おい。本天満町《もとてんままち》の河内屋の息子、与兵衛と深い仲の松風じゃな。わしはやつの伯父《おじ》。さいきん与兵衛がこなんだか」

「河与《かわよ》様なら、まちっと先にきましたがな」

「な、なんと！」

太った腕をむっちりと上げて彼方を指さし、面倒そうに、

「曾根崎《そねざき》に用があると、さきほど帰られ」

森右衛門は「ナニすこし遅かったか」と首を振った。松風は、こやつ客になるのかならんのかと言いたげに森右衛門を眺めていたが、フと興味をなくして背を向けた。

「松風よ、も一つ聞きたい。五月の節句のころ、与兵衛が溜まった花代をまとめて払うたりはせなんだか」

松風は大欠伸《おおあくび》をし、戸の奥にもどりながら、

「金のことなど存じやせぬ。おかみに聞いてくださんせ。じゃがいまは留守」

森右衛門は「オォそうか」とうなずき、着物の裾《すそ》を腰までからげた。

「ともかく本人をみつけて問えばわかること。いざ曾根崎へ」

と、急ぎ走りだす……。

北《きた》の新地《しんち》の場

——君を待つ夜は、よやよやよ！　西も東も南も、いやよ！　とかく待つ夜は、北(来た)がァ、よーいー！

「あーははは」

「それ、チンリツリトテ！」

「ちりとてちんちりーっ！」

同じ大阪の遊郭とはいえ、こちら曾根崎《そねざき》新地は、新町《しんまち》より百年以上も後の宝永年間に開発され始めた町であります。近くの米問屋の商人たちのおかげもあって発展していき、今では真ん中に真っ黒な蜆川《しじみがわ》の通るおおきな歓楽街と相成りました。ほらほら、御覧なさい。さきほどの老舗《しにせ》新町と比べると、客も遊女も若いですし、遊女の着物なども、素材は安いが派手模様。建物も低い。ま、そのぶん格式張らず気楽に遊べますから、若者に人気の町でございます。ほれ、今も、御座敷からは客と遊女の楽しそうな歌声と嬌声《きょうせい》が響いてきますし、誰ぞの飼う犬まで、つられてお気楽に吠《ほ》えておりますなァ。

その曾根崎新地を……。

ゆぅらりゆぅらり、つるつるつる……

と、今夜も河内屋与兵衛《かわちやよへえ》が滑るように歩いてくる。どうやら今度こそ本物の与兵衛のようである。

吠えたてていた犬も、ちらりと与兵衛を見上げ、なんだまたこいつかと醒《さ》めた目線を送る。

　与兵衛は一見、前と変わったところもない。ただ無表情でうつむきがちに先を急いでいる。

　――新町の、花を見捨てて、蜆川ァ……。

　新町にて備前屋《びぜんや》の年増女郎《としま》、松風と遊んだかと思えば、蜆川にかかる梅田橋をいそいそ渡り、曾根崎新地の天王寺屋へと、若い小菊《こぎく》を求めて先を急ぐ。金はたんまりあるとばかりに、一夜に二輪の花ならん。

　天王寺屋にガラリ入ると、「アーラ河与《かわよ》さま」とおかみのお亀《かめ》がいそいそと出てきた。野崎《のざき》参りのときとは別人のように愛想よく、

「まぁまぁ、いらっしゃいまし！　いえいえ、お帰りなさいまし！　たまにみえるお客とはちがい、今の河与さまにならば、毎晩のことゆえ、こちらの御挨拶《ごあいさつ》のほうがふさわしいナァ。お帰りなさいまーしー！　さて小菊を呼びましょ。おーい小菊や、おい小菊。河与様、ただいま生憎《あいにく》のこと上も下も座敷がふさがっておりましてなぁ。オォ、それならいっそ蜆川の岸に据えた床几《しょうぎ》で野天の酒盛りとでも酒落《しゃれ》こみましょか。お、きたきた。やい小菊ゥ！」

　小菊が出てくる。若くてつるつるのちいさな顔を見上げ、与兵衛が脂下《やにさ》がる。青白

いつめたい手に手を引かれて上がる。

お亀がくっついて歩きながら、調子よく、

「おーい、行燈《あんどん》に油差しやや。そうや、油といえばあの件。ホレ先月の節句の前夜に……」

与兵衛がぴくりと肩を震わせ、耳をそばだてる。

「……どこだかの町の油屋で事件がありましたなぁ。若女房がひどい殺され方をして、売上金も盗まれてのぅ。あれがさっそく芝居になるらしいですがな。殺し手は敵役《かたきやく》。最近は心中事件もすぐ芝居にかかるから、そのようなものでしょうなァ。河与様も小菊を連れて観に行かれるとよい。やーれー！　盃《さかずき》はまだかのー。おぅーい……」

与兵衛はうつむいて聞いていたものの、横顔にうっすら笑いを浮かべ、「おかみはよう喋《しゃべ》るなァ。俺《おれ》にもちょっとは話させろよ」と窘《たしな》めた。お亀が「そらそやなぁ。あっはは」と愛想笑いしながらも御膳を整えだす。

与兵衛は脚を広げて威張って座ると、

「俺ァこんなむさくるしいところで酒を飲んだことはねえが、マァ許す。なぁおい、こっちの隣の座敷をすこし借り、俺のぶんを作れよ。かかったぶんの金は全部出してやる」

「ハイハイ」

「俺はたいしたもんだろうが！」

「ほんになァ」

「なんだよ、このしみったれた蒲鉾《かまぼこ》の切り方はよッ！」

と見栄を張り、ぐいぐいと酒を喰《く》らいだす。いっそやけくそのようなその飲みっぷりに、お亀が振りむき（……おやっ）と眉を動かす。小菊と目を合わせると、なんやろか、と首をかしげてみせる。小菊は何を思っていても顔には出さず、そんな与兵衛の背にもたれて「よえよえ……」と甘えながら、横目で真っ黒な蜆川を見ているばかりである。


すっかり酔っぱらい、赤い顔となったところに、「おーい、与兵衛はここか。ちと急用だ」と悪《わる》友達の刷毛《はけ》の弥五郎が飛びこんできた。与兵衛が見上げ、舐《な》めた口調で「ナァ、おめぇの髷《まげ》の形はいつも面白ぇなぁ」「わかったわかった。だがいまはそれどころじゃねぇよ」「なンだ」「恐ろしい顔をした侍が備前屋を訪ねてきたんだってよ。河内屋の与兵衛を探しに、な」「……なんだとォ！」と途端にあわて、起きあがる与兵衛である。

御膳をひっくり返し、柱に思いっきり頭をぶつける。

それからよくよく話を聞いて、

「そりゃ伯父上《おじうえ》に間違いねぇ。なにかはわからんが面倒だな」

「おめぇに問いただしたいことがあるとかで、この曾根崎新地に向かったそうな。俺ぁそれを聞いてさっそく走ったから、うーむ、途中で追い越したか」

「そりゃまずい」

と与兵衛は立ちあがった。「……よえ」と赤い唇を半開きにして引き留める小菊に、

「小菊よ。えっと、そうだな。新町に大事な金入れを忘れてきたからよ。取りに行ってくるぜ。なにしろ唸《うな》るほど金の入った金入れだ」

小菊が蜆川を見下ろし、低く歌うような声で、

「河与さま、ざわざわとなんじゃの……。在処《ありか》の知れた金入れなど明日なと取らんせ」

「いや、そうもいかねぇ」

「在処の知れた金入れ一つに大騒ぎじゃの」

と小菊の声がちいさくなるのに、与兵衛は「なんだよ。さてはおめぇ、やきもちか」と脂下がったものの。ゆったりと振りむいてみせた小菊の顔には真実なんの表情

もなく、いっそ恐ろしいほどで、「ハテ金入れなぁ」とつぶやいた後、笑った目の暗さには、苦界で培《つちか》われた粋とでもいうか、独特の重たげな輝きが見て取れた。

「わっちにはの、大事なものなどないぞな……」

すると与兵衛はふいに、憧れるような憎むような目をして、小菊をひたと見た。

「俺ァ、俺ァ……郭の水が性にあってんだ。兄貴とも親父とも伯父上ともちがってな。根っから堅気じゃねぇ。俺だって、お前とおんなじ、こういう町の男だぜ！」

と叫ぶなり、小菊の答える声を待たず、あわてて天王寺屋を飛びだしていった。


そうして与兵衛が天王寺屋を出ていき、小菊が「……フゥ」とつぶやき、熱い茶を淹《い》れさせて一杯飲み終わったころ。

「ここに小菊とかいう女郎がおるぞな」

と、外から侍らしい声がした。お亀が「なんやろ、騒々しいな」とのそのそ出ていく。小菊は茶碗《ちゃわん》を置き、聞くともなく耳を澄ます。

「河内屋与兵衛はおるか！　わしは伯父の山本森右衛門《やまもともりえもん》である」

「アラアラ、たったいまここを出て」

「なんと」

「新町へ行かれたところですがな」

「またすれ違いか。蜆川にかかる梅田橋をまた渡るというのか。ふぅ……」

とため息が聞こえる。小菊が小首をかしげる。

それから森右衛門は「ウム」と唸り、

「おかみ、つぎに与兵衛がきたらば、酒を飲ませて留め置くのじゃ。それから本天満《もとてんま》町《まち》の河内屋徳兵衛《とくべえ》まで知らせをよこしてくれ。それからな、ここにくる前にべつの茶屋にも寄って聞いたところ、与兵衛の奴は五月四日の夜遅く、溜めに溜めた花代を払うと、とつぜんやってきたらしい。同じ夜、この天王寺屋にもきたのではないか。おかみ、言うておくが隠すとためにならんぞ。町年寄を連れてくるからな」

「隠しませんがな！　阿呆《あほ》らしな！　ちょいと帳簿を……」

とお亀がぱらぱらと紙をめくる音。すぐに、

「あぁほんまですな。五月四日の夜、溜めた花代をきれいさっぱり払うたとある。あぁ思いだした、飛びこんできて、サァ払うと大騒ぎしましてな」

「なるほど。その夜、どんな着物を着ていたかわかるか」

「覚えとりますがな。節句も近いというに、季節外れの恰好をしておりましたからな。いつも洒落ておるのに珍しいことで……。藍《あい》色の着物。広袖《ひろそで》の木綿《もめん》の袷《あわせ》の」

小菊がゆっくりと立ちあがり、欠伸《あくび》しながらちらと玄関を覗いた。「あれが堅気の伯父上か……」とつぶやく。

「広袖の木綿の袷。色は藍色とな」

と森右衛門が繰りかえす。それから「もうよい。入れ入れ」と言い置き、足音を響かせて天王寺屋を出ていった……。

小菊が柱にもたれ、「あの伯父とやら、河与殿とよう似とったなァ」と皮肉に言う。お亀が面倒そうに「そうかえ？　わざわざよう見なんだ。それにしても騒々しい夜やな」と答える。

「君を、待つ夜は、よえよえよ……」

と小菊が歌う。それからお亀とともに座敷にもどり、つぎの客を待った。

豊島屋《てしまや》の場

――変成男子《へんじようなんし》の願を立て、女人成仏《によにんじようぶつ》誓ひたり。願以此功徳《がんいしくどく》、平等施一切《びようどうせいつさい》、同発菩提《どうほつぼだい》心《しん》、往生安楽国《おうじようあんらくこく》！　釈妙意《しやくのみようい》、三十五日、お逮夜《たいや》の心ざし。お同行衆寄り集まり、勤めもすでに終りけるぅ……。

さてそれから数日。六月七日の夜である。

早いものでお吉《きち》が殺されてから三十五日が経ったこの日。本天満町《もとてんままち》の豊島屋では逮夜（法事の前夜）の法要がしめやかに執り行われていた。

女人のままでは障りがあるため、死者を男子に替えてから改めて極楽往生を願うという浄土真宗の長く有難いお経も、「願以此功徳、平等施、一切同発菩提心、往生安楽国……」と終わりに差し掛かったところ。町内の同じ宗派の人々が集まり、豊島屋七左衛門《しちざえもん》を囲んでお祈りを捧げている。七左衛門は頬もこけ、痩《や》せてしまっている。ようやくお経が終わると、年老いた世話人の帳紙屋五郎九郎《ちようがみやごろくろう》が皆に向き直った。いかにも威厳ある様子で、

「皆の衆、昨日今日の事件と思うておりましたのに、はや三十五日の逮夜となりましたな。よりによってあのお吉さんが、二十七までの人生となり、不慮の死を遂げなさるとはな。この年寄りにはいまだ信じられませぬ」

と訥々《とつとつ》と語ってから、急に涙ぐみだし、声も震わせ、

「ほんに、ほんに……。わしも子供のころからおきっちゃんをよう知っておった。おきゃんで可愛い子でな、この爺にもごろくろーごろくろーと懐いてくれた。大人になってても気立てはちっとも変わらんかったの。それに気風《きつぷ》もよくて、ええ女房殿じゃっ

た。いったい誰がなぜこんなことをしよったか……」

世話人、五郎九郎の泣き声に、集まった人々もたまらなくなり、一斉に「お吉殿……」「おきっちゃん」とオイオイ泣きだす。

「それにの、信心深く、親鸞《しんらん》聖人の御恩徳の心も深いお人じゃった。だからのぅ、この世でこそあのような剣難の苦しみで死することとなってしまったが、来世ではすべての業から解放され、仏様となり、極楽浄土に行かれることであろう。わしらはな、せめてもこうしてお祈りしてしんぜようぞ。可愛いおきっちゃん、成仏せえ、とな。南無阿弥陀仏《なむあみだぶつ》、南無阿弥陀仏……」

人々もうなずき、また手を合わせて「南無阿弥陀仏、南無阿弥陀仏……」と熱心に唱えだす。

五郎九郎は豊島屋七左衛門に向き直り、「さて七左さんよ」と声をかける。返事がないのでもういちど「コレ」と言う。

七左衛門がようやく土色の顔を上げると、五郎九郎は両肩に手をかけ、

「我々もついておるゆえ、どうかそう気を落とされるな。にっくき下手人もそのうち捕まることであろう。今はお吉さんの残された三人娘の世話が第一じゃ」

隣に座る五郎九郎の妻も、涙を拭《ふ》き拭きうなずいて「ほんに、娘さんたちがお元気

であられれば、お吉殿もせめて満足なされましょ」と言う。

七左衛門はボンヤリと焦点の定まらぬ目つきで一同を見渡し、

「お吉のことは、死んだもののこととあきらめましてな」

一度口を閉じ、沈黙する。それから絞りだすように、

「わしも毎日念仏を欠かしませぬ。しかしながら、三人娘がまこと不憫《ふびん》にござる」

天井がガタッと鳴った。七左衛門が「おやっ」と見上げる。それから続けて、

「末娘のお伝《でん》はまだ二つ。乳の恋しい齢とて、金をつけてべつの商家にやりましたがな。中娘のお清《きよ》は、母様《かかさま》、母様、とワーワー泣きながら家中を走り回り、疲れて泣《な》き濡《ぬ》れ、眠ってしまいます。上娘のお蓮《はす》は、大人の言うことをよく聞き分け、わしの世話をし、仏壇にも花を欠かさずお祈りしますが、夜になると無理がたたってひどい引きつけを起こしましてなァ。わしも男手一つで困り果てており……」

こんどは壁がゴトリと鳴る。

七左衛門はそちらを見る。世話人に向かい、「なぁ、五郎九郎さま。お吉は心残りもあろうに、ほんとに極楽浄土に行けるでしょうか」とつぶやく。

それから「おやっ」と棚を見る。

どうやらさきほどからの物音は居間の桁、梁を通る鼠《ねずみ》であったらしい。人の手のひ

らに載るほどのおおきさの灰色の楕円形《だえんけい》の塊が、煤埃《すすぼこり》をもうもうとさせて飛び出してくる。その拍子に、棚からなにかが落ちてくる。七左衛門が「なんや」と拾う。

「これは、血の痕《あと》のある……！」

人々も寄ってきて覗《のぞ》きこむ。

それは乾いた血の痕でパリリと反った紙であった。半紙を半分に切ったおおきさの書付。「野崎《のざき》の割付、十匁《もんめ》一分五厘《りん》、五月三日」と書いてある。

男たちが口々に「どこかで見たような筆跡」「わしにも見覚えがある」「アーッ、これは河内屋《かわちや》の与兵衛《よへえ》！」と騒ぎ出す。

豊島屋七左衛門の顔に血の気がもどってくる。考えこみ、はっと思いだし、

「そうじゃ！　四月の野崎参りの日のこと。お吉曰《いわ》く、河内屋与兵衛とその色《イロ》友達二人と行きおうたとな。この書付にあるのは、あの日の与兵衛の借金であろう」

とつぶやく。

――まことに、死んだ亡者が物語……。

七左衛門は真っ赤になり、わなわなと激しく全身を震わせ、

「その書付が血濡れてここに在ったということは、お吉を殺した下手人は河内屋与兵衛にちがいあるまい。そうであったか！　この三十五日の逮夜に、鼠によって教えら

れるとは、さては亡者の知らせか」

と座りこみ、両手で頭を抱える。

「お吉よお吉、恋女房。こなたはやはりまだ成仏せなんだか。安心せい。こなたを手にかけたにっくき下手人、わしが必ず捕えてやる。お吉よお吉、恋女房。娘たちもわしに任せてたも。もうもうなにも心配すな」

と涙を浮かべ、急に年老いたようなしわがれ声で、

「どうかこなたは極楽浄土に向かい、仏となっておくれ。どうかどうか成仏せい。お吉よお吉よ、さらばじゃお吉。恋女房。南無阿弥陀仏、南無阿弥陀仏。南無阿弥陀仏、南無阿弥陀仏……」

と震えてひれ伏す七左衛門の姿を前に、集まった人々もいっそう悲しく辛《つら》くなってしまった。

そのとき豊島屋の潜戸《くぐりど》がガラリと開いた。

一同振りむくと、なんと河内屋与兵衛その人の顔がヌッと現れた。

しかもいかにも何食わぬ様子で、人のよさそうな笑顔まで浮かべてみせ、

「ついに三十五日の逮夜になりましたなァ」

おかしな空気に気づいたのか、「おや」と一度黙る。それからいっそう調子よくぺらぺらと、

「俺《おれ》もお吉さんには世話になったからな。殺した奴もまだ知れず、気の毒千万。だが下手人も追っ付け捕まり、千日柱で獄門首になることだろうよ」

七左衛門が立ちあがり、防犯用の寄り棒を手にしてぐっと握った。

奥から上娘のお蓮が、中娘のお清の手を引いてそっと出てくる。子供なりになにかの気配を察したのだろう。上娘は唇を引き結んで睨《にら》みつけ、中娘は泣《な》き腫《は》らした赤い目をしょぼつかせている。

七左衛門が怒鳴った。

「ヤイ与兵衛！　貴様、ようも人の女房を嬲《なぶ》り殺してくれたな！」

与兵衛はきょとんとして「は？　どうして俺が？　なんでだよ」と聞き返す。その自然な様子に、七左衛門はますます憤怒《ふんぬ》の顔となり、

「これを見よ！」

と血まみれの書付を見せる。与兵衛は横目でちらりと見たきりプイと目を逸《そ》らす。

七左衛門はますます猛《たけ》り、

「四月の野崎参りの書付じゃ。貴様の筆跡。しかも血濡れて。これ以上の証拠がある

か。エイ！」

と、与兵衛はすうっと青くなって「南無三宝……」とつぶやいたものの、すぐ開き直る。七左衛門よりもずっとおおきな声で、

「おまえさん、言うに事欠き、向かいの息子を下手人呼ばわりか。女房をなくして焼きが回ったんだな」

「な、なんだと！」

「フン。なにが俺の書付だよ。似たような字を書く男は大阪中にたくさんおるだろうに。なぁ皆の衆？」

七左衛門が「……うっ」とひるむ。周りの人々は顔を見合わせあったが、助太刀せんとうなずくと、つぎつぎ立ちあがって七左衛門を囲んだ。それに勇気を得て、七左衛門がウムと寄り棒を構え直す。

与兵衛は苛立《いらだ》ち、さらに声を荒らげた。

「お、おまえらみんな！　なんだよ！　いい年した大人が、たいした証拠もねぇのにばかなことをするってのか……。俺は、俺はなぁ……」

と唇を嚙《か》む。それから「くそ、こうしてやらぁ！」と叫ぶと、にじり寄ってきた男を壁に投げ飛ばした。「アッ」とあわてて摑《つか》みにきたべつの男を踏みつけると、七左

衛門の振り下ろす寄り棒を摑む。棒を捩《ね》じり取って、七左衛門の背をしたたかに打ち据える。「ぎゃーっ！」という父親の叫び声を聞き、中娘のお清が「きゃあああ！」と喚《わめ》いて泣きだした。こうして男たちの怒号と子供の泣き声が悪夢のように混ざりあい響き渡る中、与兵衛は鬼門金神《きもんこんじん》の如く一同を睨みつける。赤黒い顔をし、わけのわからないことを喚いては寄り棒を振り回す。そのたび男たちはワワッと後ずさり。なんとかひっ捕らえようと近づいては打たれて飛び退くの繰りかえし。与兵衛が板間に駆けあがると、男たちは土間に逃げ、与兵衛が駆けると、板間に上がって逃げ。もうその繰りかえしの、二度、三度。いや、四度、五度。

ついに誰も飛びついてはこなくなると、与兵衛は勝ち誇ってそっくりかえった。寄り棒を土間にガランガランと投げだし、「あっはっは！」と勝ち誇って大笑いしながら、

「ではごめん。間抜けな顔も見飽きたぜ。エイヤッ」

と潜戸を開け、外に飛びだす……。

すると……。

「どっこい！」

「捕ったッ！」

と、これまで誰も聞いたことのない声が二つした。

与兵衛が「へ？」と顔を上げると、男が二人立っていた。

町奉行所の与力と同心である。

あわてて与兵衛が逃げようとするところ、一人が胸元を摑んで捩じって地面に引き倒す。

与兵衛の視線の先に、人の脚がたくさんあった。「いってぇなんだ」と顔を上げる。

伯父《おじ》の山本森右衛門《やまもともりえもん》が険しい顔で立っていた。

その背後には兄の太兵衛《たへえ》、さらに後ろに、母のお沢《さわ》。その横に父の徳兵衛《とくべえ》も控えている。

潜戸から、豊島屋の七左衛門と、集まった人々が出てくる。

皆に取り囲まれた与兵衛に向かって、伯父の山本森右衛門が、悲しげでいかめしい顔つきをして、

「是非もなや。与兵衛よ、最前よりのおまえの立ち居振る舞い、ここですべて聞かせてもらったぞ」

と声をかける。

「下手人はおまえに違いあるまいとし、大阪中の遊郭を探しに探したこの伯父の心も推量せよ。かくなるうえは一刻も早く見つけ出し、こっそり遠くの国に逃すか自害させるかしかあるまいと思うておったのに、新町《しんまち》に曾根崎《そねざき》新地にと、後手後手に回らせたのがおまえの運の尽き。……これ太兵衛。こやつの袷をここへ」

と命じる。すると兄の太兵衛がブルブル震えながら藍色の着物を差しだす。母のお沢が「あぁ！」と兄を止めようとし、夫の徳兵衛に制される。

皆の前でバサリと拡げられた着物には、黒ずんだなにかの跡がたくさんついている。

森右衛門は大声で、

「五月四日におまえが着ていた袷の藍色の着物！　曾根崎新地の天王寺屋で言質《げんち》を取ったうえ、兄の太兵衛からも聞いたので間違いはない。さてこの黒い染みはなんであるか」

「いやぁ、さて」

「誰か酒を持て！」

「……あいあい！」

と誰よりもさきに大声で返事をしたのは、上娘のお蓮であった。両手で重たそうに徳利《とっくり》を持ち、潜戸から勇ましく出てくる。ちいさいながらもしっかりした姿を見て、森右衛門も思わず口をほころばせる。

お蓮が懸命に背伸びをし、森右衛門の持つ着物に、とぽとぽとぽ……と酒を注ぐ。

あぁっ……と人々が息を漏らした。

――心を砕く涙色。酒塩変じて、朱《あけ》の血潮……。

酒によって浮き出たのは、濃い赤色！

お吉の無念の血の色であった。

「か、母様……。母様！」

と叫び、思わず徳利を取り落としたお蓮に、父の七左衛門が駆け寄って抱きあげる。

「母様よ母様……。アァ！」というお蓮の、押し殺しても歯の間から響く激しい泣き声が本天満町の通りに広がっていく。

と、あちこちの商店から人々が出てきて、それに通りを歩く人も立ちどまり、次第におおきな人垣となる。

森右衛門が厳かに、

「この豊島屋にて、お吉さんを無残に嬲り殺した下手人は、河内屋の次男、与兵衛に間違いない！」

その宣言に通りはゾーッと静まり返った。

と、わっと女の声がし、皆が振りむく。母のお沢が懐剣を取りだして自らの喉《のど》に突きたてんとしていた。夫の徳兵衛が「お沢！」と飛びかかって止める。人々は、伯父の森右衛門から、お沢、徳兵衛、震えて立ち尽くす兄の太兵衛へと視線を動かし、それから、真ん中でじっとしている与兵衛にこわごわと注目した。

「フン、逮夜かよ」

と与兵衛が、同心に取り押さえられて地面に這《は》いつくばらされた恰好のままで、

「いい月だなァ、皆の衆！」

同心も思わず見上げる。

確かにきれいな満月が、皆の頭上で純粋に光っている。

「皆の衆聞いてくれ。俺ァ一生不孝、放埒《ほうらつ》の身なれど、これまで一枚の紙も半銭の金も盗んだことはなかった。それに、料理茶屋への支払いが半年、一年と遅れても苦にならん質でなぁ……。だがこんどは話が別だった。なにしろ親父《おやじ》の判での借用だからな。一夜過ぎりゃ河内屋徳兵衛の難儀……。さりとて偽判とばれりゃ、この俺、与兵衛の難儀。だからどうしたって金を工面せにゃならなかったんだ」

横顔を月が煌々《こうこう》と照らしている。

「南無阿弥陀仏、南無阿弥陀仏、か。なぁ、俺ァ不信心な男だったが、ほんとに神様

や仏様がいるんなら、いったいどうして……」

と首を振る。

懐剣を握る母と目が合う。与兵衛は苦しげに横を向き、

「俺が殺したかったのはお吉さんじゃあねぇんだ。だってお吉さんはいい人だった」

とつぶやく。

「皆々さま。俺に殺されたお吉さんのためだけじゃなく、殺した俺のためにも祈ってくれ。さっきみてぇに、みんなで……」

「この期《ご》に及んで勝手なことを言うでない、与兵衛！」

と、父の徳兵衛がしゃがみこんだまま叱責《しっせき》する。

与兵衛はうつむいて、「仇《あだ》も敵《かたき》も一つ悲願！　南無阿弥陀仏、南無阿弥、陀、ぶっ……」と呻《うめ》くものの、

「エェイ、こやつを引っ立てい！」

伯父の森右衛門の声が響き、同心と与力がうなずいてぐいと力を込め、縄を引き、後はもう「なむ、あっ……」といまさら祈ろうとしても、「与兵衛よおまえは！」と嘆く河内屋の人々の声、豊島屋の娘たちの「アァァー……」「母様！」という泣き声、町の人々の「この人殺し！」という怒号が入り混じり、さらにどこからか老若男女の

声が増えに増え、凄《すさ》まじい響きとなっていく中、与兵衛は後ろ手と首にかけられた縄を引かれ、風に煽《あお》られる黒い煙のように、本天満町の通りからすぐに消えていった。そして千日柱で獄門首となり、首をさらされた。

彼のこの悪行はわずか一月半後、近松門左衛門の手で芝居となって小屋にかけられたが、油屋の株仲間の働きもあってすぐ打ち切られた。そのまま一度は世の中から半ば忘れられたが、明治時代に坪内逍遙《つぼうちしょうよう》の手で発掘されたことから、再注目され、千人が聞けば万人へ、万人が聞けば十万人へと読まれ、観られる物語となり。

こうして、河内屋与兵衛の悪名は、いつの世も変わらず存在する、悪に染まった愚かなる青年の魂の代表として、今の世まで末長く残ることとなった。

あとがき

紙の上の油屋、読む殺人

タルムードは「書物」としてだけでは成り立たない。「凍結された教え」を「解凍」して、「未来の生命」を賦活させるためには、それを「対話と論争」の状態に戻してやる必要がある。
——内田樹《うちだたつる》『レヴィナスと愛の現象学』

このくだりを読んだとき、宗教の教えについてのお話なのだが、〝古典劇再演の方法論〟としても、とても腑《ふ》に落ちた。

ちょうどそのころ、「National Theatre Live」で映画監督のサム・メンデスが演出した舞台「リア王」を観たところだったからである。原典に忠実でありながら、想像し得なかった演出により、古典が現代の問題を内包していた。客席のあちこちからすすり泣く声が響いて一種異様な空気であった。

主演俳優によると、「現代の医師が読むと、王の怒りと恍惚《こうこつ》は認知症の初期症状そのもの」らしい。つまり「嵐がくる！」の〝嵐〟とは、病により自己を失う状態のことだったのだ、と。

このような現代的解釈によってこそ、古典は解凍され、未来の生命を持ち続ける。では、と考えざるを得ない。――『女殺油地獄《おんなころしあぶらのじごく》』はどのように解凍されるべきか？

与兵衛《よへえ》という人物についてはさまざまな解釈がある。河竹繁俊《かわたけしげとし》は「やんちゃな人間味があって、心底憎むべき人物ではない」とし、藤野義雄《ふじのよしお》は「母親の甘やかし」「周囲の者はすべて善人で、義理を重んじ家だの社会的体面だのをまず最初に考える常識人ばかり」と家庭問題として語る（以上『殺しの美学』藤野義雄著、向陽書房、一九八五）。富岡多恵子《とみおかたえこ》（松田優作《まつだゆうさく》主演のテレビ版『女殺油地獄』脚本担当）は「与兵衛アンちゃんが最も人間らしく思え、与兵衛の目で他の人物を眺めれば、あまりのウソらしさに腹立ちさえ覚える」と記し（『近松浄瑠璃私考《ちかまつじょうるり》』富岡多恵子著、筑摩書房、一九七九）、田中澄江《たなかすみえ》は「現代の無法の青年」「家庭内暴力の主人公そのままの行状」とも語る（『近松門左衛門《ちかまつもんざえもん》という人』田中澄江著、日本放送出版協会、一九八四）。

原典を読み砕くうちに私が持ったのは、与兵衛の持つある種の鈍感さのことだった。与兵衛は話相手の建前も、サービスも、物の譬《たと》えも理解できない性格で、この人間がいわずもがなの建前や道理を重視する家族と暮らすのは、どちらにとっても難儀なことだったのではないか。そう解釈すると、二〇一〇年代の再演にふさわしい現代性も感じられる。

また、歌舞伎、文楽、映画、ドラマなどさまざまな形で再演される中、解釈によって演出が変わることも興味深い。たとえば歌舞伎（与兵衛は片岡仁左衛門《かたおかにざえもん》さんの当たり役）。兄太兵衛《たへえ》が河内屋《かわちや》に駆け戻るシーンでは、真面目な性格だからと外出用の羽織を身に着ける場合と、大慌《おおあわ》てしているからつけない場合があるらしい。文楽でも、母お沢《さわ》が嘘《うそ》をつくシーンには滑稽な三味線を合わせ、本音と裏腹の台詞《せりふ》であることをみせたり。与兵衛が金を借りようとお吉《きち》を訪ねるシーンでは、与兵衛の台詞だけを新劇風に、お吉のほうは昔風にして対比を見せたり（『近松門左衛門名作文楽考1　女殺油地獄』豊竹咲大夫《とよたけさきたゆう》著、講談社、二〇一一）。なるほど、これが台本（凍結された教え）に命を吹きこむ演出（対話と論争）か、と感銘を受けた。

こうして解釈、演出について考えたところで、一つ疑問が生じた。周囲で聞き回ったところ、この作品を観た人は「面白い！」と言い、読んだ人は「微妙？」と言うのである。昨今上演された劇が優れているためもあるだろう。さらに、戯曲はそもそも読物でなく、上演されることで初めて生命を持つものだから、か。

そう考えるうち、シェイクスピア劇の翻訳に思いが至った。ここ数年、松岡和子《まつおかかずこ》さんによる新訳が連続で刊行されており、演劇人からの評判がよいと聞く。上演用に訳されており、演出しやすく、台詞として自然だと。私は福田恆存《ふくだつねあり》の旧訳を妙に愛読し続けてきたのだが、こちらは逆に、活字で読んだときにわかりやすいよう書かれている。時に説明的で、演出も多々入り、まるで節をつけた肉声が聞こえるような読み心地。――つまりは紙の上の演劇といおうか、小説に近い形なのである。

私はよく考え……読者の方々にまず「『女殺油地獄』は面白い！」と言っていただけるよう、恆存法を取ることにした。そうして読後に、歌舞伎や文楽や映画の劇場にいそいそと足を運んでいただけるようにと……。

ほか参考として目を通した文献は以下のものである。

参考文献
・「女殺油地獄」山根為雄　校注・訳（新編日本古典文学全集74『近松門左衛門集1』所収）小学館　一九九七年

・『近松門左衛門名作集』高野正巳 訳　フランクリン・ライブラリー　一九八八年
・『女殺油地獄・出世景清』藤村作 校訂　岩波文庫　一九九二年
・「女殺油地獄」宇野信夫 訳（『現代語訳　曾根崎心中』所収）河出文庫　二〇〇八年

解題

児玉竜一

初演と実説

『女殺油地獄』は、享保六年（一七二一）七月十五日に、大坂道頓堀竹本座の人形浄瑠璃で初演された。作者は近松門左衛門。油屋の女房を殺害した事件が実際に起きて、それから時を隔てずに書き下ろされたと推測されるが、実説については明らかになっていない。

この事件が人形浄瑠璃より先に歌舞伎で脚色されていたらしいことは、他ならぬ浄瑠璃本文に、「油屋の女房殺し、酒屋にしかへて幸左衛門がするげな、殺し手は文蔵、憎いげな」（下の巻）とあることからわかる。幸左衛門というのは、歌舞伎役者の二代目竹嶋幸左衛門で、この年は道頓堀「中の芝居」の座本（興行責任者）をつとめている。文蔵というのは敵役の佐川文蔵のことらしい。つまり、「油屋の女房殺し事件を、酒屋のことにカムフラージュ設定して幸左衛門座でやるってよ、犯人役は佐川文蔵で、たいそう憎たらしいってよ」ということだ。幸左衛門座では七月七日初日で『契世八棟造』という作品が上演されているものの、内容の詳細は不明で、これが油屋の女房殺しの芝居である可能性は高いが、確定というわけにもいかない。

享保年間というのは、それほどまでに、資料で正確に辿ろうとするとパズルを埋め切れない年代である。その点、雄弁なのは作品そのものである。歌舞伎でさえ酒屋にカムフラージュした事件を、ずばり実説通りをうたった作品名からして、同時代人には極めて生々しく受け取られたことは想像にかたくない。

再演のなかった異色作

そもそも、人形浄瑠璃作品の中で殺人を扱うことは数知れないほど多いが、義理のためとか、身替りのためとか、あるいは錯誤のためも含めて、人を殺すにはなんらかのやむを得ない事情が書き込まれるものだ。その点、『女殺油地獄』の主人公の身勝手な振る舞いと、粗暴な性格は類をみない。金品目的の強盗殺人というのは、歌舞伎では先行する例を挙げることができるが、この時代の人形浄瑠璃では極めて異例である。しかも殺しの原因となる「新銀二百匁」は、現在の貨幣価値でいえば二十万から三十万円ぐらいでしかない。たとえば本作前年の近松作品『双生隅田川』で、猿島惣太は梅若丸を殺してしまうが、折檻の杖の当たり所が悪かったためで、殺すのが目的であったわけではない。『仮名手本忠臣蔵』の斧定九郎は五十両の金のために山崎街道で与市兵衛を惨殺するが、本作より二十七年も後の作品である。

そうした事情もあって、本作は異色作にふさわしいなりゆきをたどる。初演時の反響については、浄瑠璃作品の評判を記した宝暦九年（一七五九）刊の『竹本不断桜』に、「きくと其まゝたくんた思ひつき毎日の大煎海鼠《おおいりこ》」とあって、それほど悪くなかったのではないかという説と、いやこうした書物ではとりあえず褒めるので、この種の褒め言葉は当てにならないという説がある。位付けは最低の「上」（最高位は「大極上上吉」）で、江戸時代の再演記録は皆無、正本が再版された形跡も見当たらず、となると、大評判になったとは言い難いだろう。

近代の再評価

本作が再評価の脚光を浴びるのは、明治になってからである。坪内逍遙の近松作品研究がきっかけとなって、明治四十年代から歌舞伎で上演されるようになった。一九二〇年代には無声映画にも脚色されたが、現代劇を主とする松竹蒲田や、髷をつけていても現代的な人物像が売り物だった片岡千恵蔵プロダクションで取り上げられているところに、特異な内容が着目されたことが示されていよう。

人形浄瑠璃文楽では、昭和二十七年十一月二日にNHKラジオで下の巻「豊島屋の段」が、復活上演された。演奏は、作曲も手がけた八代目竹本綱太夫と十代目竹澤彌七。その後、昭和三十七年四月朝日座で「徳庵堤」「河内屋内」「豊島屋」が人形付きで上演されたが、「徳庵堤」と「河内屋内」では、近松特有の字余り字足らずを整理して、語調を整えるなど、かなり原作本文が改竄されている。

近年では、文楽では八代目綱太夫の高弟五代目竹本織太夫（九代目綱太夫、のちに九代目竹本源太夫）や、八代目綱太夫の遺児豊竹咲太夫が、「豊島屋」を得意として語った。歌舞伎の方では、初代片岡孝夫（十五代目片岡仁左衛門）が二十歳台で河内屋与兵衛を初演して大評判をとり、平成二十一（二〇〇九）年に一世一代として演じ納めるまで、当代無双の当たり役とした。

映像化では、野淵昶監督『女殺油地獄』（昭和二十四年・大映）や、中村扇雀（のちの三代目中村鴈治郎、四代目坂田藤十郎）主演で世評高い堀川弘通監督『女殺し油地獄』（昭和三十二年・東宝）、五社英雄監督『女殺油地獄』（平成四年・松竹。かなり原作からの改変がある）のほか、NHKドラマとして和田勉演出で松田優作主演の『女殺油地獄』（昭和五十九年）などがある。現代演劇への脚色も数多い。

「現代性」と解釈のゆくえ

近松作品の中でも、戦後に至るまでこれほど映像化が試みられたものは珍しい。主人公の「現代性」が着目された所以と考えるべきだろうが、昭和三十年代から、いや、ことによると無声映画の時代から、意識され続けてきた「現代性」とは一体いつの「現代」であろう。二十一世紀も四半世紀を過ぎようとする今、これほど、ある意味で分かりやすい素行不良や家庭内暴力が、どの程度に一般的な「現代性」であるのかは、そろそろ再考が必要になるように思われる。いまどきの不良は盗んだバイクで走り出したりしない、と言われて久しいが（念のため注釈すると、盗んだバイク云々は一九八三年の尾崎豊「15の夜」の歌詞）、二十一世紀の問題児は家の外に迷惑をかけるより、引きこもってしまうかもしれない。とすれば、本作の魅力をどこに見つけてゆくべきか。

主人公の河内屋与兵衛をめぐっては、明治の坪内逍遙以来、様々な解釈がなされている。たとえば、「豊島屋」で父母の愁嘆を立ち聞き（ちなみに近松は、立ち聞きという趣向が大好き）した与兵衛が、しおらしい様子でお吉に相談を持ちかけるくだりである。

「先にから門口に、蚊に食はれ、長々しい親たちの愁嘆聞いて、涙をこぼしました」。

この言葉以降の告白を、心からの改心ととるか、あるいは空々しい偽りととるか。最近ではこの「蚊」に注目して、中国の廿四孝として有名な、蚊帳もない貧家で親を安眠させるために、自分が裸になって蚊に食われたという孝子呉猛を踏まえているので、これは本当に改心したと見るべきという冨田康之の説もある。与兵衛が蚊に食われている時、豊島屋の内では父母の愁嘆、お吉の貰い泣きが描かれるが、近松はそこに「折からに鳴く蚊の声も、いとど涙を添へにけり」という描写をほどこす。鳴く蚊の声は、単なる客観的な情景か、それとも家の外で与兵衛がむせび泣く隠喩なのか。

人形浄瑠璃の本文は、単に文章であるだけではなく、節付をともなって、音曲として観客に提示される。その場合、登場人物の発語を示す「詞」、情景描写や心情描写など地の文をあらわす「地」、それに音楽性を加味した「節」に大別できる。この内、地の文による客観的な描写は、作者が直接語りかけるものとして信じてよいが、登場人物の発語である「詞」は、それが真実か偽りか、局面ごとに分かれることとなり、解釈の分かれ目となる。机上の解釈はともかく、それが舞台での表現に直結すると、作品の組み立てそのものが変化してくるところが、舞台芸の妙味である。二十世紀終盤の文楽でいえば、五代目織太夫は改心した派、七代目竹本住太夫は偽りの改心派と、分かれた。近年の歌舞伎での上演を席巻した十五代目仁左衛門の与兵衛は、凄惨な殺しの場にただならぬエロスを漂わせ、人を殺す行為そのものを楽しみはじめてしまった与兵衛の姿で観客を魅了するという、倫理と背徳の狭間の魅力を提示した。文章に立脚した造型の外、行間や言外にも魅力を見出しうるのが、演劇芸術の魔力でもある。

今後、文楽であれ歌舞伎であれ、どのような演者が、どのような造型をみせるか、注目したい。

与兵衛の周囲の人びと

特異な与兵衛が注目される本作であるが、周囲の人物も周到に造型されている。

与兵衛の父となった徳兵衛は、もとは河内屋の番頭で、主人を失って二人の子どもを抱えたお沢だけでは河内屋は保たない、と判断した周囲から懇願されてお沢の再婚相手となる。近世期にはよくある家存続の手段で、誰より河内屋と商売を知り尽くしたという点では適任でも、子どもとの関係は不確定要素だった。兄は与兵衛の三歳上。父を亡くして、番頭が母の後添えとなって新しい父になるという事態に、七歳の兄は順応できたが、四歳の弟はできなかった。もっと小さければ、徳兵衛が番頭であった記憶もなかったろうが、あいにくその記憶の方はあるという年齢である。再婚四年目に妹おかちが生まれるが、与兵衛とは八歳差、子どもとしては絶対服従させることも可能な年齢差ということになる。ヒロインお吉は与兵衛より四歳年上。子どものころから与兵衛を知り、四歳で与兵衛が父を亡くした時には八歳。ずっと見知り、見守ってきた関係が、与兵衛の甘えの下地となっている。こうした年齢設定が、ことごとく絶妙である。

母お沢も、徳兵衛を主人と立てながら、子どもとの関係に歯がゆさを噛みしめているという設定である。兄森右衛門は武士で、この森右衛門が主導して徳兵衛との再婚話は進んだということになっている。与兵衛の凶行後、新町その他を森右衛門が探索してまわるくだりは滅多に上演されず（歌舞伎では、昭和五十九年近松座公演、平成二十三年二月ル・テアトル銀座公演で上演）、現行上演ではいささか影が薄いが、武士と町人の階級が混在する家族は、同時代としてはリアリティがあったものと思われる。

その他、妹おかちの祈禱にやってくる山伏のいかがわしさ、与兵衛に借金の催促を迫る綿屋小兵衛のいやらしさなどが、細心に描き込まれている。

享保九年（一七二四）に七十二歳で世を去る近松が、その三年前に書いたのが本作である。晩年の近松は、人の犯す悪への関心を深めたとされるが、その点での時代物での代表作は『津国女夫池《つのくにめおといけ》』、世話物での代表作が本作であろう。その円熟の筆によってわれわれは、三百年前の社会とそこに生きる人びとのリアルな関係を、目の当たりにするのである。

（こだま・りゅういち／早稲田大学教授　歌舞伎研究・批評）

本書は、二〇一六年十月に小社から刊行された『能・狂言／説経節／曾根崎心中／女殺油地獄／菅原伝授手習鑑／義経千本桜／仮名手本忠臣蔵』（池澤夏樹＝個人編集　日本文学全集10）より、「女殺油地獄」を収録しました。文庫化にあたり、一部加筆修正し、書き下ろしの解題を加えました。

女殺油地獄《おんなころしあぶらのじごく》

二〇二五年二月一〇日　初版印刷
二〇二五年二月二〇日　初版発行

訳者　桜庭一樹《さくらばかずき》
発行者　小野寺優
発行所　株式会社河出書房新社
〒一六二-八五四四
東京都新宿区東五軒町二-一三
電話〇三-三四〇四-八六一一（編集）
〇三-三四〇四-一二〇一（営業）
https://www.kawade.co.jp/

ロゴ・表紙デザイン　粟津潔
本文フォーマット　佐々木暁
本文組版　KAWADE DTP WORKS
印刷・製本　中央精版印刷株式会社

Printed in Japan　ISBN978-4-309-42165-0

源氏物語　1

角田光代〔訳〕　41997-8

日本文学最大の傑作を、小説としての魅力を余すことなく現代に甦えらせた角田源氏。輝く皇子として誕生した光源氏が、数多くの恋と波瀾に満ちた運命に動かされてゆく。「桐壺」から「末摘花」までを収録。

源氏物語　2

角田光代〔訳〕　42012-7

小説として鮮やかに甦った、角田源氏。藤壺は光源氏との不義の子を出産し、正妻・葵の上は六条御息所の生霊で命を落とす。朧月夜との情事、紫の上との契り……。「紅葉賀」から「明石」までを収録。

源氏物語　3

角田光代〔訳〕　42067-7

須磨・明石から京に戻った光源氏は勢力を取り戻し、栄華の頂点へ上ってゆく。藤壺の宮との不義の子が冷泉帝となり、明石の女君が女の子を出産し、上洛。六条院が落成する。「澪標」から「玉鬘」までを収録。

源氏物語　4

角田光代〔訳〕　42082-0

揺るぎない地位を築いた光源氏は、夕顔の忘れ形見である玉鬘を引き取ったものの、美しい玉鬘への恋慕を諦めきれずにいた。しかし思いも寄らない結末を迎えることになる。「初音」から「藤裏葉」までを収録。

源氏物語　5

角田光代〔訳〕　42098-1

栄華を極める光源氏への女三の宮の降嫁から運命が急変する。柏木と女三の宮の密通を知った光源氏は因果応報に慄く。すれ違う男女の思い、苦悩、悲しみ。「若菜（上）」から「鈴虫」までを収録。

源氏物語　6

角田光代〔訳〕　42114-8

紫の上の死後、悲しみに暮れる光源氏。やがて源氏の物語は終焉へと向かう。光源氏亡きあと宇治を舞台に、源氏ゆかりの薫と匂宮は宇治の姫君たちとの恋を競い合う。「夕霧」から「椎本」までを収録。

源氏物語　7

角田光代〔訳〕　42130-8

宇治の八の宮亡きあと、薫は姉の大君に求愛し、匂宮を妹の中の君と結ばせるが、大君は薫を拒み続け他界。次第に中の君に恋慕する薫に、彼女は異母妹の存在を明かす。「総角」から「東屋」までを収録。

源氏物語　8

角田光代〔訳〕　42131-5

匂宮は宇治へ行き、薫と偽って浮舟と契りを交わす。浮舟は匂宮の情熱に惹かれるが、二人の関係が薫に知られ、入水を決意する。浮舟の愛と性愛、その結末とは…。「浮舟」から「夢浮橋」まで収録の完結巻。

源氏物語【全8巻】セット

角田光代〔訳〕　85336-9

「とにかく読みやすい」と話題！　日本文学最大の傑作を、小説としての魅力を余すことなく現代に甦えらせた角田源氏。輝く皇子として誕生した光源氏が、数多くの恋と波瀾に満ちた運命に動かされてゆく。

平家物語　1

古川日出男〔訳〕　41998-5

混迷を深める政治、相次ぐ災害、そして戦争へ——。栄華を極める平清盛を中心に展開する諸行無常のエンターテインメント巨篇を、圧倒的な語りで完全新訳。文庫オリジナル「後白河抄」収録。

平家物語　2

古川日出男〔訳〕　42018-9

さらなる権勢を誇る平家一門だが、ついに合戦の火蓋が切られる。源平の強者や悪僧たちが入り乱れる橋合戦を皮切りに、福原遷都、富士川の遁走、奈良炎上、清盛入道の死去……。そして、木曾に義仲が立つ。

平家物語　3

古川日出男〔訳〕　42068-4

平家は都を落ち果て西へさすらい、京には源氏の白旗が満ちる。しかし木曾義仲もまた義経に追われ、最期を迎える。宇治川先陣、ひよどり越え……盛者必衰の物語はいよいよ佳境を迎える。

平家物語　4

古川日出男〔訳〕　42074-5

破竹の勢いで平家を追う義経。屋島を落とし、壇の浦の海上を赤く染める。那須与一の扇の的で最後の合戦が始まる。安徳天皇と三種の神器の行方やいかに。屈指の名作の大団円。

古事記

池澤夏樹〔訳〕　41996-1

世界の創成と、神々の誕生から国の形ができるまでを描いた最初の日本文学、古事記。神話、歌謡と系譜からなるこの作品を、斬新な訳と画期的な註釈で読ませる工夫をし、大好評の池澤古事記、ついに文庫化。

伊勢物語

川上弘美〔訳〕　41999-2

和歌の名手として名高い在原業平（と思われる「男」）を主人公に、恋と友情、別離、人生が描かれる名作『伊勢物語』。作家・川上弘美による新訳で、125段の恋物語が現代に蘇る！

枕草子　上

酒井順子〔訳〕　42104-9

平安中期、一条天皇の中宮定子に仕えた清少納言が、宮中での生活を才気煥発な筆で綴った傑作随筆集。類聚、随筆、日記などの章段に分類された同書が、エスプリの効いた現代語訳で甦る。全2巻。

枕草子　下

酒井順子〔訳〕　42105-6

平安中期、中宮定子に仕えた清少納言が、宮中での生活を才気煥発の筆で綴った傑作随筆集。エッセイスト酒井順子ならではエスプリの効いた現代語訳が楽しい。関白道隆の没後を描いた一四三段から完結まで。

更級日記

江國香織〔訳〕　42019-6

菅原孝標女の名作「更級日記」が江國香織の軽やかな訳で甦る！東国・上総で源氏物語に憧れて育った少女が上京し、宮仕えと結婚を経て晩年は寂寥感の中、仏教に帰依してゆく。読み継がれる傑作日記文学。

土左日記

堀江敏幸〔訳〕　42118-6

土佐国司の任を終えて京に戻るまでの55日間を描く、日本最古の日記文学を試みに満ちた新訳で味わう。貫之の生涯に添い、自問の声を聞き、その内面を想像して書かれた緒言と結言を合わせて収録。

堤中納言物語

中島京子〔訳〕　42087-5

作者・編者ともに不詳、ミステリアスでユーモアに溢れる日本最古の短篇物語集『堤中納言物語』。中島京子による名訳により生き生きと蘇る「可笑しみ」を堪能できる10篇を収録。

宇治拾遺物語

町田康〔訳〕　42099-8

〈こぶとりじいさん〉こと「奇怪な鬼に瘤を除去される」、〈舌切り雀〉こと「雀が恩義を感じる」など、現在に通じる心の動きと響きを見事に捉えた、おかしくも切ない名訳33篇を収録。

百人一首

小池昌代〔訳〕　42023-3

恋に歓び、別れを嘆き、花鳥風月を愛で、人生の無常を憂う……歌人百人の秀歌を一首ずつ選び編まれた「百人一首」。小池昌代による現代詩訳と鑑賞で、今、新たに、百人の「言葉」と「心」を味わう。

日本霊異記・発心集

伊藤比呂美〔訳〕　42086-8

平安初期に景戒によって善悪、奇跡や怪異などを描いた最古の説話集「日本霊異記」と、鎌倉初期の鴨長明による仏教説話「発心集」。古典新訳に定評のある詩人・伊藤比呂美が両作品から厳選、渾身の新訳。

好色一代男

島田雅彦〔訳〕　42014-1

生涯で戯れた女性は三七四二人、男性は七二五人。伝説の色好み・世之介の一生を描いた、井原西鶴「好色一代男」。破天荒な男たちの物語が、島田雅彦の現代語訳によってよみがえる！

松尾芭蕉／おくのほそ道

松浦寿輝〔選・訳〕 42133-9

東北・北陸の各地を旅し、数々の名句や研ぎ澄まされた散文による夢幻的紀行「おくのほそ道」の新訳に加え、芭蕉の生み出した句の中から傑作を精選、各句を深く鑑賞し、解釈する。

小林一茶

長谷川櫂 42075-2

誰にでもわかる言葉、細やかな心理描写……近代俳句は一茶からはじまる。生涯で詠んだ約二万句から百句を精選し、俳人・長谷川櫂が解説を付す。波乱に満ちた人生に沿いながら見えてくる「新しい一茶」像。

雨月物語

円城塔〔訳〕 42151-3

江戸の上田秋成が中国小説や日本古典を自在に翻案、超絶技巧を駆使した怪異奇談集の傑作を、現代の円城塔による精緻で流麗、史上最高の現代語訳でおくる。「白峯」「菊花の約」他、全9編。

通言総籬・仕懸文庫

いとうせいこう〔訳〕 42146-9

江戸のマルチクリエイター・山東京伝による、吉原・浅草芸者の風俗を描いた黄表紙と洒落本の傑作、かつ当時発禁処分となった2篇を画期的現代語訳で。「仕懸文庫」は本邦初作家訳し下ろし。

春色梅児誉美

島本理生〔訳〕 42083-7

江戸を舞台に、優柔不断な美男子と芸者たちの恋愛模様を描いた為永春水『春色梅児誉美』。たくましくキップが良い女たちの連帯をいきいきとした会話文で描く、珠玉の現代語訳！

仮名手本忠臣蔵

松井今朝子〔訳〕 42069-1

赤穂浪士ドラマの原点であり、大星由良之助（＝大石内蔵助）の忠義やお軽勘平の悲恋などでおなじみの浄瑠璃、忠臣蔵。文楽や歌舞伎で上演され続けている名作を松井今朝子の全訳で贈る、決定版現代語訳。

菅原伝授手習鑑

三浦しをん〔訳〕　42153-7

菅原道真に恩義を受けた三つ子、梅王丸・松王丸・桜丸が主君への忠義との間で葛藤する。書道の奥義、親子の愛憎、寺子屋の悲劇。歌舞伎や文楽で今も愛される名作浄瑠璃を血の通った名訳で。

義経千本桜

いしいしんじ〔訳〕　42115-5

源平合戦を背景に、平家の復讐と、源義経主従の受難を壮大に描く。平知盛、弁慶、静御前、狐忠信の活躍と、市井の庶民たちの篤き忠義が絡まりあう名作浄瑠璃が、たおやかな日本語で甦る。

現代語訳 日本書紀

福永武彦〔訳〕　40764-7

日本人なら誰もが知っている「古事記」と「日本書紀」。好評の『古事記』に続いて待望の文庫化。最も分かりやすい現代語訳として親しまれてきた福永武彦訳の名著。『古事記』と比較しながら読む楽しみ。

現代語訳 竹取物語

川端康成〔訳〕　41261-0

光る竹から生まれた美しきかぐや姫をめぐり、五人のやんごとない貴公子たちが恋の駆け引きを繰り広げる。日本最古の物語をノーベル賞作家による美しい現代語訳で。川端自身による解説も併録。

現代語訳 徒然草

吉田兼好　佐藤春夫〔訳〕　40712-8

世間や日常生活を鮮やかに、明快に解く感覚を、名訳で読む文庫。合理的・論理的でありながら皮肉やユーモアに満ちあふれていて、極めて現代的な生活感覚と美的感覚を持つ精神的な糧となる代表的な名随筆。

現代語訳 歎異抄

親鸞　野間宏〔訳〕　40808-8

悩める者や罪深き者を救う念仏とは何か、他力本願の根本思想とは何か。浄土真宗の開祖である親鸞の著名な法話「歎異抄」と、手紙をまとめた「末燈鈔」を併録。野間宏の名訳で読む分かりやすい現代語の名著。